厨房中的契诃夫

沈先生字复观

释之先生略记

大江分子云

黑暗中的星

立佛

大师

大艺术家

洗手间里有什么

大冒险家

# 厨房中的契诃夫

马拉 著

陕西新华出版
太白文艺出版社·西安

图书在版编目（CIP）数据

厨房中的契诃夫 / 马拉著. -- 西安：太白文艺出版社, 2025. 1. -- (小说·映像). -- ISBN 978-7-5513-2649-0

Ⅰ. I247.7

中国国家版本馆CIP数据核字第2024ZY4447号

小说·映像

## 厨房中的契诃夫

CHUFANG ZHONG DE QIHEFU

| 作　　者 | 马　拉 |
|---|---|
| 责任编辑 | 何音旋　慕鹏帅 |
| 封面设计 | 郑江迪 |
| 版式设计 | 建明文化 |
| 出版发行 | 太白文艺出版社 |
| 经　　销 | 新华书店 |
| 印　　刷 | 陕西金德佳印务有限公司 |
| 开　　本 | 880mm×1230mm　1/32 |
| 字　　数 | 150千字 |
| 印　　张 | 5.75 |
| 版　　次 | 2025年1月第1版 |
| 印　　次 | 2025年1月第1次印刷 |
| 书　　号 | ISBN 978-7-5513-2649-0 |
| 定　　价 | 45.00元 |

版权所有　翻印必究
如有印装质量问题，可寄出版社印制部调换
联系电话：029-81206800
出版社地址：西安市曲江新区登高路1388号（邮编：710061）
营销中心电话：029-87277748　029-87217872

小说·映象

马拉，1978年生，中国人民大学文学硕士。在《人民文学》《收获》《十月》《当代》《花城》《作家》等文学期刊发表大量作品，入选多种重要选本。主要作品有长篇小说《余零图残卷》等五部，中短篇小说集《铁城纪事》等五部，散文集《一万种修辞》，诗集《安静的先生》。曾获十月文学奖、人民文学新人奖、华文青年诗人奖、广东省鲁迅文学艺术奖、丰子恺散文奖等奖项。

# 目　录

| | |
|---|---|
| 大　师 | 001 |
| 立　佛 | 018 |
| 大艺术家 | 033 |
| 大冒险家 | 050 |
| 洗手间里有什么 | 065 |
| 厨房中的契诃夫 | 079 |
| 黑暗中的星 | 094 |
| 大江分子云 | 107 |
| 沈先生字复观 | 121 |
| 释之先生略记 | 148 |

# 大　师

走马镇靠水依山，以前是这样，现在还是这样。靠水走水路，水路通江河湖海，带来四面八方的货物，还有人。有人，就有了江湖，走马镇因此成了码头。码头有两层意思。一层实指货运码头，来来往往的船舶挤满水面。以往，为了争抢位置，相互打架，拿着长篙、火铳、刀剑弓弩火并的自然不在话下。现在，这些现象几乎绝迹，都文明了，统一听从调度。另一层意思大家都懂，就不细讲了。因成了码头，走马镇经济繁荣，在长江中下游也算是排得上号的富庶之地。走马镇名气大，除了经济繁荣，还有原因——出人才。翻开科举史，这么一个弹丸小镇，出过一百多位进士，其中两位状元、一位榜眼、六位探花郎。这当然是了不得的事情。福建莆田科举也厉害，但那是举地市之力，而走马镇一千三百年来都是镇的建制。这也奇怪，古代不少镇如今都扩张成了县或市，走马镇却还是个镇。分析原因，可能因为地狭，不足一百平方公里的地方，也只能是个镇，名气大没用。

不光出文人，走马镇还出侠客和武术家。古往的传说不提，近三百年，走马镇走出过数十位有名有姓的武术大师。大师中名气最大的自然是清末民初闯荡上海滩的顾震声。顾大师门徒三千，遍布欧美亚非，成为全世界最具影响的中华武术门派之一。想当年，顾大师手持一根三尺圆棍，单挑六名日本北辰一刀流剑术高手，一时成为上海滩最为热门的话题。但顾大师最为擅长的并非剑术，那只是他兼修的爱好，铁臂长拳才是顾大师的传世绝技。这些年，关于顾大师的电影电视剧拍了不少，虽然有些神化，但大体还是靠谱的。让人稍觉遗憾的是顾大师在上海成名后，很快去了美国，据说老年在瑞士度过，死前身边空无一人。一代武学泰斗，寂静安葬于阿尔卑斯山的枫树林中。有人去找顾大师的墓地，看过之后都说太低调了，连墓碑都没有，贴地铺着一块大理石，用汉字刻着名字，生卒生平无一字介绍。有说这才是有大师风范的，有摇头叹息人生如寄的。和顾大师在瑞士的寂寞相比，他在故乡太热闹了。入镇的高速路口，最显眼的那块广告牌上便是顾大师的照片。到今天，走马镇还有大大小小十来家武馆，传授各派绝学。教铁臂长拳的也是顾姓子弟，拳法是不是得自顾震声大师的真传不可考，看起来颇有声势。

　　这些年，走马镇略显沉寂，倒不是经济的问题。走马镇出名人，那是以前，现在差了。勉强有几个算得上数的，那也远在他乡，有的甚至从出生起就没有回过走马镇。为此，地方也苦恼，打文化牌没问题，多的是文化武学名人，但一提到当代，就有点尴尬了，好在还有柳伯年先生和顾唯中先生撑着脸面。柳伯年先生年已七十有余，出生在走马镇，在北京五十余年，博得了惊世的名声。他的代表作《走马遗韵》拍出了两千八百万的天价，创下了当时中国国画家最高成交纪录。退休之后，柳伯年先生想找个归宿，避开熙熙攘攘，全国各地考察了一遍，最终选择了出生地，这条江河水他是逃不掉的。柳伯年想回来，地方上自然高兴，特意给他划了块地，建了座宅子。老先生搞了一辈子艺术，也在名利场泡了几十年，刚回来还指导指导年轻人，等年纪再大点，推说身体不适，出门也少了。顾唯中先生乃顾震声先生嫡孙，一直生活在法国，是闻名世界的大武术家。有一年，顾唯中先生回来祭祖，见到柳伯年的宅子，跟身边人说，过两年，我也回来修一个这样的宅子，安度晚年。随行的都以为顾唯中先生只是随口一说，没想到过了两年，他真的回来了。两位老先生，一文一武，这就够了。等顾唯中安定下来，柳伯年已在镇上住了四五年。听说了柳伯年的故事，顾唯中起了拜访的心思。他托人给柳伯年带话，传话的人回来说，柳老表示欢迎，还留了电话号码。顾唯中给柳伯年打了电话，聊了几句，约了拜访的日期。

去拜访柳伯年，要带点什么，顾唯中有点为难。他本想送点好纸好笔，细一想，不妥，书画他是门外汉，给书画家送纸笔，十有八九闹笑话。思来想去，还是买了点当季的水果，简单又得体。柳伯年家安的是传统中式木门，顾唯中叩了叩门环。稍后，他听到了脚步声。接着，门开了，开门的正是柳伯年。顾唯中拱了拱手说，柳先生，打扰了。柳伯年一笑，哪里的话，难得有人来看看老朽。把顾唯中迎进院子，柳伯年说，您先坐会儿，我去泡茶。顾唯中说，不必劳烦了，坐坐就走。柳伯年说，来都来了，茶还是要喝一杯的。顾唯中一笑，那也好。他把带的水果放在茶几上，新鲜的枇杷，黄得温润，玉石一样的质感。顾唯中朝四周看了看，这个院子和他家院子风格不太一样，更休闲些。等他收回眼光，柳伯年端着茶具过来了，一边摆一边说，我这业务也不熟练，您将就一下。顾唯中说，有茶喝就很好了。柳伯年说，您可能更习惯咖啡吧？说罢，像是不好意思，咖啡家里没有，我多年不喝咖啡了，睡眠本就不好，一喝更睡不着，人老了什么都不经用。顾唯中端起茶杯说，咖啡我一直喝得不多，以前在法国，也是喝茶。柳伯年说，这倒是难得。顾唯中说，家父在世时规矩严得很，家里不光没咖啡，连法语都不准讲；从小就喝茶，喝着喝着就习惯了。柳伯年笑笑说，这就难怪了，你汉语说得那么好，仔细听还能听出走马镇的口音。顾唯中说，听说你是在镇上出生的？柳伯年说，土生土长，十几岁出去念书，前几年才回来。顾唯中说，那你和我不一样。柳伯年说，也一样，都是走马镇的子弟，这点关系，生生世世脱不了。顾唯中说，所以，我回来了。柳伯年说，这个我倒是意外，按理说，你对走马镇应该没什么感情。顾唯中说，这个我也说不明白，无端地就是觉得亲切，像是余生该在的地方。两人聊了一会儿，柳伯年提起了顾震声，说小时候听到顾大师的故事，崇拜得不得了。顾唯中笑着说，有些夸张了，哪有那么厉害。柳伯年说，这你就谦虚了，方志上记载得确确实实。顾唯中说，你说的这个故事我也听过，哪是什么一流高手，不过是六个普通的剑士。柳伯年说，那也不得了。顾唯中说，功夫自然有一些，太过夸张就显得虚浮了。听顾唯中说完，柳伯年叹息了一声说，要是个个都像先生一样客观，那就好了。喝了几杯茶，又聊了一会儿，顾唯中起身告辞。柳伯年留他吃午饭。顾唯中说不打扰了，下次再来拜访。

顾唯中家离柳伯年家不远，步行不过七八分钟。隔着一条小河，河上有桥，石板的，被踩得溜光水滑。要是下过雨，走在上面得小心。河两岸种的垂柳，都有些年头了，树干算不上粗壮，暗暗的，发黑。顾唯中以前没见过这么多垂柳。春末夏初，柳条垂下来，微风荡漾，确有一种至柔的美感。顾唯中练的铁臂长拳，拳法刚猛雄浑。他练了一辈子，才体会到刚猛中的那一点轻柔。就比如骨头和骨头之间的连接处，如果没有滑膜、韧带、软骨、肌腱这些柔软之物作为连接和过渡，那一根根的骨头即使再硬，也只是一堆散乱的材料。从河边往柳伯年家去，常常让顾唯中忘记自己是个练武的人。他和柳伯年已经很熟了，每周要见三四次面，留饭也成了常事。所幸，柳伯年没什么朋友在走马镇，小时玩伴在镇上的也聊不到一块儿，只剩下见面打个招呼的交情。他请了一个保姆来做饭洗衣服打扫。顾唯中和他情况类似。如此一来，两人交往倒是方便了，没有家人和别的顾虑，过得随心随意。再且，两人都是见过世面的人，说话想事情能凑到一块儿去，这就让人愉快了。多半，顾唯中到柳伯年家吃饭，有时带点菜，有时不带，具体看情况。他们都不缺钱，这点小事自然不计较，聊得开心才是关键。偶尔，顾唯中和柳伯年开玩笑，说，我吃你的吃得太多了，都不好意思了。柳伯年笑，我喝你的喝得那么多，我没有一点不好意思。柳伯年年轻时好酒，现在也喝，喝得没那么厉害，多半喝点红酒和洋酒，有时也喝点米酒。米酒顾唯中不懂，红酒和洋酒他比柳伯年了解。两人一块儿喝酒，多半是顾唯中讲，柳伯年听。这酒，基本都是顾唯中提供。他对柳伯年说，别的不说，这个我比你专业，你不能和我争。柳伯年说，我为什么要争？有喝的我就喝了。话是这么说，柳伯年也会给顾唯中送点茶，多半是小盒的、别人送他的定制品。他喝了好，送点给顾唯中，也不谈钱。谈钱，怕顾唯中难堪。顾唯中拿来的红酒洋酒虽好，但不值钱，外国常喝的红酒洋酒多数不过十几欧几十欧，上百欧的那就很高端了。柳伯年送的茶看起来不起眼，要买却是天价。在柳伯年看来，顾唯中不懂喝茶，只是解渴或陪客。即便这样，也不影响他泡茶的热情。茶和酒都是上好的东西。

到了柳伯年家，除开聊天，顾唯中也看柳伯年画画。柳伯年装修了画室，不大，大约只有四十几平方米，采光通透，一边墙开了又长又宽的玻璃窗，窗外种了几棵三角梅，红红白白的开得满串，影子映到墙上，一摇一晃。画案离窗很近，胡乱堆着各色的纸，还有废弃的画稿。顾唯中和柳伯年开玩笑，要把他的画稿偷了去。柳伯年说，这些破烂东西，你喜欢你拿去。他这么一说，顾唯中反倒不好意思了。看着柳伯年的画室，顾唯中说，你这么大的画家，用这么小的画室，配不上你的身份。柳伯年接过话，画室小是小了点，也够用了。不过，三十岁后，我还真没用过这么小的画室。这个年纪，心劲儿和体力都跟不上了，画不了大画，也就是涂几笔，几十年下来习惯了，不涂几笔总是不快活。顾唯中看着柳伯年说，这方面我是真羡慕你，你这和老中医一样，越老越值钱。画不在大小，笔墨里都是阅历，又有几十年的声名撑着，繁华褪尽，落笔轻简，这都是境界，都是艺术。我们练武术的，过了年纪，身体机能无法支撑，连一个简单动作都做不出来了，真真成了废物。柳伯年说，你这是开玩笑了，武林宗师哪个不是白了头？顾唯中说，这话不假，但那活的是身份，人家敬重的是个辈分，不是身上的功夫。柳伯年说，不怕你笑话，我动笔也心虚得很，眼睛看不清了，手也抖。我记得齐白石晚年发过一个感慨"再也画不了那样的草虫了"。我现在也差不多，眼花手抖。顾唯中看着画案，指着柳伯年面前的画说，不定非得工笔草虫，这写意多好，酣畅淋漓，这笔墨功夫，没有几十年的积累哪里出得来？柳伯年提着笔，又放下，从书架上抽出本画册，翻到一页，指着上面问顾唯中，你觉得这个如何？顾唯中接过画册，一眼看到几团灰、几团黄，再加自上而下垂着的纠缠藤条。一看侧边，有题识"九十八岁白石"。齐白石的画。这个顾唯中以前没见过，像又不太像，太散漫了。见顾唯中皱着眉头，柳伯年问，画得如何？顾唯中老实承认，看不出好来。柳伯年说，不光你看不出好来，我也看不出好来。但有人觉得好，奇好，无比好。顾唯中说，那都是仙人。柳伯年拿过画册，又细细看了一遍说，据说这是白石老人生前最后一幅画，看起来画得有些糊涂。比如说那几个葫芦，就说藤条，线条走得烂漫自然，完全没了章法。要说这画好，可能好在自然，随心所欲；要说它不好，可能也是自然，自然到不自然了。顾唯中笑了起来，你把我说糊涂了，什么叫自然到不自然？柳伯年也笑，我把我自己也说糊涂了，画了一辈子，我连好坏也分不出来了。顾唯中说，你这话可别让人听见了，你可是大师。柳伯年瞪了顾唯中一眼，你是一代宗师。说完，两人哈哈大笑。

到了中秋节，柳伯年打电话给顾唯中，约一起吃饭赏月。顾唯中推辞，就不过去了，知道你的家人来了。柳伯年说，你这就见外了，也不多你一个人。顾唯中说，倒不是多我一个人，我一个人跟你一家人一起觉得不舒服。柳伯年问，真不过来？顾唯中说，真不过来。柳伯年笑了声，来吧，我家也就我一个人，中午把儿子赶走了。顾唯中说，你又骗我。柳伯年正了正音，真的，中午打发他们走了，回镇上图个清静，他们一来，我清静不了。本来说要一起过节，都闹腾了几天，让他们回去了。顾唯中还在犹豫。柳伯年接着说，我让保姆蒸了螃蟹，买了黄酒，炒了几个小菜，保姆我也打发走了，就等你来了。话说到这儿，顾唯中不好再推辞，那好，我马上过来。等顾唯中过去，果然只有柳伯年一个人。院子中间摆了一张桌子，桌面小箅笼里趴着六只油红的大螃蟹，外加一盘炒田螺、一碟青瓜，还有一条红烧大白刁，果盘里摆了葡萄和哈密瓜。顾唯中坐下说，丰盛得很。柳伯年拿杯给顾唯中倒酒，这不过节嘛，知道你也不爱吃月饼，就没准备。顾唯中抿了一口酒说，有鱼有螃蟹，哪个还要月饼？一瓶黄酒喝完，四只螃蟹吃完，月亮出来了，月光照在院子里，桂花树散发出馥郁的香气。柳伯年说，你回来了我在这里算是有了魂了。说罢，问顾唯中，都说你是一代宗师，你还能打拳吗？顾唯中说，不能，老了，伸展不开。柳伯年说，你随手比画一下，让我开开眼界，都说顾家的铁臂长拳天下无敌，我还没有见识过。顾唯中说，那都是江湖传说，当不得真。柳伯年说，我去镇上拳馆看过，虎虎生威，霸气得很。顾唯中说，我也去看过，刚猛有余，柔韧劲儿落了，少了弹力。柳伯年说，今儿过节，又喝了酒，我提个不情之请，露两手看看。顾唯中喝了口酒说，那就献丑了。说罢，起身，下场。顾唯中站在院子中央，调整了一下呼吸，桂花香一阵一阵，他像是凝固在那里。突然，只听一声大吼，像是夜间沉睡的猛虎被惊醒，一个身影弹起来，带起阵阵风声。柳伯年看见一团黑影在月光下弹跳腾挪，刚猛处桌子上的酒壶微微震动，柔和处似是听到月光落地的声音。没等柳伯年缓过神，顾唯中回到了桌边，微微喘气，说，老了，还是老了。柳伯年连连赞叹，功夫，这才是真功夫，不愧是一代宗师。顾唯中喝了口酒说，比不得当年了。又说，等我老了，你给我画个像吧。柳伯年说，好，不过，画不了那么精细了。顾唯中说，只要是你画的，怎么都行，你看毕加索，他中后期的画，哪有像的？又喝了几杯，柳伯年说，要不要看我画画？顾唯中说，好。两人进了画室，柳伯年涂了几笔问，这个如何？顾唯中说，好。柳伯年问，哪里好？顾唯中说，螃蟹好。柳伯年大笑，怕是只有你认得出来是螃蟹。又问，这螃蟹比白石老人的葫芦如何？顾唯中说，都是恣情放逸的好东西。柳伯年又画了几只螃蟹，题了款，盖了章说，这幅送给你。说罢，回到院子里继续喝酒。

过了几天，顾唯中买了一筐螃蟹去看柳伯年。走马镇也产螃蟹，名气没阳澄湖的大，品质却不差，而且绝无假货。在走马镇上，吃螃蟹都吃本地的，阳澄湖的没市场。蟹是顾唯中一只只挑的，半斤左右一只，翻开蟹脐，能看到根部一团橘红。这才是好螃蟹，黄足肉满。挑好螃蟹，顾唯中给柳伯年打了个电话，让他把黄酒准备好，就前几天喝的那种。到了柳伯年家，还早，不到下午五点。顾唯中放下螃蟹，柳伯年看了一眼说，下了血本啊。顾唯中说，还好，不是阳澄湖的，要不然就贵了。柳伯年喊来保姆拿走了蟹，又给顾唯中倒茶。顾唯中说，我今天是来拿我的"螃蟹"的。柳伯年笑了起来，这个你倒记得牢。顾唯中说，那是自然，好不容易得几只柳大师的螃蟹，哪能忘得了？你可不能赖皮。柳伯年笑了起来，我都七十多岁的人了，还能像小孩子耍赖皮？那天都喝了酒，你说好，我说送，一会儿你再看一眼，别拿回去不喜欢。顾唯中说，怎么可能。柳伯年说，看到你那一筐螃蟹，我倒想起了一个故事，说的还是白石老人，捕风捉影的小故事，当不得真。说是有年冬天，白石老人正在家里画画，听到门外喊卖白菜。白石老人心里一动，想做段佳话。他拿了一幅白菜图，匆忙出门，叫住卖白菜的说，用我这幅白菜换你一车白菜如何？卖白菜的顿时生气了，你这人好没道理，拿你一棵假白菜，换我一车真白菜。说罢，气呼呼走了。柳伯年讲完，顾唯中笑了起来，我是拿一筐真螃蟹，换你几只假螃蟹。柳伯年说，那你亏大了。说完，站起身说，走，我们去看看那几只假螃蟹。进了画室，柳伯年翻出画，铺平展好，只见纸上歪歪斜斜躺着几坨黑团，隐隐能看出螃蟹的身形，蟹钳蟹脚张扬恣肆。柳伯年自嘲道，这怕是蒸过了的螃蟹，脚都掉了。顾唯中说，这是好画儿。说罢，伸手去取。柳伯年说，不急，等我找人裱好送你，现在就像个素颜美人，得装扮上，体体面面才好。顾唯中说，你不是反悔了吧？柳伯年确实有点想反悔，这画和他以前的画风不同，得了自由。他以前的画，总有点没来由的拘谨。也许是借了点酒气，也许是放下了名利之心，这幅螃蟹他画得自由。墨色虽然任性，却也恰到好处，有点从心所为而不逾矩的意思。片刻后，柳伯年伸手摸了摸画上的螃蟹说，哪里的话，我还不至于那么小气。

保姆炒了几个小菜，蒸好了螃蟹，喊两人过去吃饭，饭桌还是摆在院子里。这是柳伯年的习惯，只要不是太热或太冷，他都喜欢在院子里吃饭。菜上了桌，柳伯年找到黄酒，拿了杯子过来，喊保姆一起吃饭。保姆说，有顾先生陪你，我就回去了；你们俩一起吃饭，我坐在旁边也是多余，没什么意思。柳伯年说，你这是嫌弃我们了。保姆说，我哪里敢嫌弃，不给你们当灯盏。柳伯年说，你平日也和我一起吃饭的。保姆说：那是怕你一个人吃饭清冷。柳伯年说，好好好，不留你。对了，顾先生带了好些螃蟹，你拿几只回去，这么好的螃蟹，放坏了可惜。保姆说，那多不好意思。柳伯年说，都是自己人，客气什么。保姆说，那谢谢顾先生了。顾唯中说，我经常来蹭吃蹭喝，麻烦您了。柳伯年给顾唯中倒上酒，挑了个蟹脚上满是黄色油脂的大蟹说，这个好，长满了，没长满的都是壳，也没黄油。那头，保姆回厨房拿了四只螃蟹，经过桌边，举起螃蟹说，谢谢柳先生。柳伯年说，怎么不多拿几只？多得很。保姆说，够了够了，家里也没几个人，尝个鲜可以了。等保姆出门，顾唯中说，你这保姆好。柳伯年说，你说说看哪里好。顾唯中说，不贪，有分寸。柳伯年说，怎么讲？顾唯中说，你看，她拿螃蟹只拿四只，不多不少。要紧的是她拿了给你看看，要是螃蟹跑了少了，那也不是她拿的，她清清白白。柳伯年和顾唯中碰了下杯说，没想到你一直在国外生活，对中国的人情世故倒是比我还懂。顾唯中说，说来你可能不信，我从小接受的教育比国内还要传统，四书五经我可没少背，也没少挨打。柳伯年说，我们这代人年轻时闹革命，开辟新天地，事事求新，古书确实读得少，还是后来补了下课，到底不是童子功，学得不伦不类。

喝了点酒，顾唯中说，柳先生，还记得上次说过的话吗？柳伯年说，说过那么多，你指哪一句？顾唯中说，我说想请先生给我画个像，留给儿孙。柳伯年说，这话我记得，那会儿说的是酒话。画像还是找油画家，我年纪大了，眼睛也不好，做不了精细活儿。顾唯中说，你答应了的。柳伯年说，画像不是国画的强项，留给儿孙看，形似还是重要的。顾唯中说，这个你不管，你想怎么画就怎么画。柳伯年还在犹豫。顾唯中说，柳先生，这个不要你送，也不合规矩，你润格高，我给不起，意思还是要到的。柳伯年说，顾先生，你误会了，我不是这个意思。顾唯中说，我明白你的意思。柳伯年说，我说的意思不是你说的那个意思。顾唯中说，不管什么意思，该意思还是要意思意思。两人像是说绕口令，说完都笑了起来。笑完，顾唯中说：柳先生，我其实对武术兴趣不大，不过，这也是家业，只得硬着头皮撑下来，所幸做得还不算丢脸。年轻时，我想去学艺术，巴黎你知道的，艺术之都。每个法国青年都想当哲学家、艺术家，我也一样。家父倒也不反对我学艺术，只是告诉我，武术不能丢，毕竟顾家铁臂长拳还有点影响力，还得传扬下去。其实，在国外，中华传统武术很孤独，关注的人不多。外国人看武侠电影，都是当玄幻片看。偶尔碰到爱好者，练不了多久也就放弃了。柳先生，和你说这个，倒不是抱怨，只想说我是爱艺术的。我们年轻那会儿，最崇拜的艺术家是毕加索。海外华人艺术家中，大家最熟悉的是张大千和赵无极。我对艺术的一知半解，也是那时打下的底子。顾唯中说完，柳伯年说，你今天这一说，我明白了，以前我还奇怪，你作为武术家，为什么对艺术这么了解，都是有根源的。顾唯中说，了解说不上，附庸风雅。柳伯年说，你也别谦虚。顾唯中说，那画像还画吗？柳伯年说，当然，只要你不嫌弃。顾唯中说，那是我的福分。酒喝完，两人又聊了一会儿，不觉已是深夜。临出门，顾唯中握住柳伯年的手说，柳先生，画像的事儿拜托你了，我的时间不多了。柳伯年说，你看，喝多了，胡说八道。顾唯中摇摇头说，真的，我回来有落叶归根的意思。我有病，面上看不出来，医生说随时可能走。柳伯年愣在那里，回过神后说，以前怎么没听你说起？顾唯中说，又不是什么好事情，有什么好说的？如果不是想请你的画，我也不会说这个事。柳伯年松开手，抱住顾唯中，拍了拍他的肩膀说，顾先生，你放心，我尽力而为。顾唯中拱拱手说，那就拜托了。说罢，转身，回家。柳伯年站在门口，目送顾唯中。月色温柔，柳树垂下的枝条快落尽了叶子。

一连几天，柳伯年心里不太平，他想起顾唯中的话，看起来那么健康的一个人，谁能想到重疾缠身。前些日，月下，顾唯中为他打了一套铁臂长拳，雄浑有力，哪里像个病人？要知道顾唯中有疾在身，他也不会提出这么唐突的请求了。给顾唯中画的几只螃蟹，柳伯年送去裱了，找的熟人，还特意交代了一句，用点功。他这句话说轻不轻，说重不重。他本就是大行家，东西过他的眼，总得有个样子。等画送回来，柳伯年点了点头。他看着画，若有所思。柳伯年给顾唯中打了个电话，画裱好了，我给你送过去。顾唯中说，哪有这样的道理,我过来取。柳伯年说,那也好。挂了电话,柳伯年叫来保姆,让去市场买几个菜。他特意点了大白刁,记得顾唯中喜欢吃这鱼,清蒸了浇上热油,撒上葱白丝,肉质细嫩,鲜滑甘美。过了一会儿,顾唯中提着一袋橘子来了。一进来,他把橘子放在桌子上,剥了一个递给柳伯年说,这个你喜欢,甜里略带点酸。柳伯年接过橘子,理了理面上的橘络,取一瓣塞到嘴里说,现在难得吃到合口的橘子。顾唯中正剥另一个橘子,接口道,这个不错,我尝过的。柳伯年拿着橘子,扭过头看着顾唯中。顾唯中把橘子放进嘴里,咬了一口,皱起眉。柳伯年放下橘子,哈哈大笑。顾唯中伸出舌头说,这也太酸了,被骗了。柳伯年站起来说,去看看你的螃蟹。画挂在墙上,顾唯中和柳伯年看着画,一时都没有出声。裱过之后,看起来果然不同。都说三分画七分裱,话说得有点过,也不是完全没有道理。看了一会儿,还是柳伯年说话了,他说,这画看着有禅意。顾唯中说,嗯,说不清道不明,莫名就是觉得好,任性恣肆中又有一股枯寂的静气。柳伯年说,你说到点子上了。这画让我想起南宋禅僧画家牧溪的《六柿图》,就是笔墨寥寥、焦浓重淡清六个柿子摆在那里,平心静气,不言不语。这几个螃蟹还是有点焦躁气,收了这股气,应该也算得上好东西。顾唯中说,柳先生太苛求了,这画已是大好。说罢,把画从墙上取下来,端在面前看,越看越欢喜,叹道,真是妙手偶得之。从画室出来,坐下,柳伯年忍不住问了句,你上次和我说的是真的?顾唯中说,哪个会拿这种事骗人,何况你我之间。柳伯年说,我有点难过了。顾唯中说,倒也不必,人总有个定数,我这辈子算是圆满,回来遇到你,也是老天给的缘分。柳伯年说,这像我画的了,画成一个大柿子。顾唯中说,螃蟹也行。柳伯年说,橘子也行。顾唯中说,梁楷的泼墨神仙图也行。柳伯年说，阿弥陀佛，真是自在。顾唯中说，等你画好了，我给你讲个故事。柳伯年说，我也给你讲个故事。顾唯中说，那好。柳伯年说，期待。大白刁吃得只剩下鱼刺，外面有点冷了。柳伯年去画室把画抱出来，递给顾唯中，说以后螃蟹我不画了。顾唯中说，我最后一套拳已经打完了。

给顾唯中画像，柳伯年花了心思。他长处在山水，人物虽有涉猎，但不能说是得心应手。再且，怎么画？传统线描他不喜欢，借用油画技法的现代水墨人物，虽然有立体感，细部表现力也有增强，可他总有一种挂羊头卖狗肉的不适感。想了几天，柳伯年决定还是用水墨写意，百年之后，人是什么样子还重要吗？他把自己关在画室，连画了两个月。这两个月，顾唯中打过几次电话给柳伯年，柳伯年推辞说，没画好之前，先不见。顾唯中说，也不必这么较劲吧？柳伯年说，该较劲的时候还是要较一下的。等画好了，柳伯年满意了，墙上挂了三幅，画过的一叠草稿烧掉了。他觉得，可以约顾唯中过来看看了。接到柳伯年电话，顾唯中自然高兴，他说，我带一支洋酒，今晚一醉方休。到了柳伯年家，顾唯中想看画。柳伯年说，不急，我们先喝酒，喝完了再看。顾唯中想了想说，那也好。说罢，他从口袋里拿出一个利是封递给柳伯年，说，一点意思。柳伯年接过来，抽出来一看，一张支票。他数了数说，这有几个八？我眼花，都数不清了。顾唯中说，那就不数了，我们喝起来。酒到半酣，柳伯年说，你不是说有个故事要讲吗？顾唯中说，你还记得？柳伯年说，那当然记得。顾唯中和柳伯年碰了下杯说，柳先生，如果不是到了这个年纪，不是和你，我不好意思讲这个故事。柳伯年说，我们都这个年纪了，还有什么不好讲的？多少事情都厚着脸皮做了。顾唯中说，那也是。

你知道，我练武出身，我爷爷顾震声的故事你也听过。柳伯年点点头，竖起大拇指说，大英雄，大武术家。顾唯中说，他老人家功夫多好我不知道，我长大后他已经很老了。我练了一辈子顾家铁臂长拳，老实说，我有点怀疑。柳伯年以为自己听错了，怀疑什么？顾唯中望着柳伯年的脸说，我对这套拳法有些怀疑，我也不认为我爷爷有很强的实战能力。柳伯年说，这话怎么讲？方志上记载的总不会错的。顾唯中敲了敲桌子说，那不一定，夸张和美化在方志中算是常见的。柳伯年没接话。顾唯中又喝了一口酒，像是难以启齿，我以前也以为顾家铁臂长拳实战能力应该不错，毕竟它讲究力量和速度，这和拳击、跆拳道等在理论上是一致的。柳伯年点了点头。顾唯中说，我在国外练拳教拳，不光练铁臂长拳，对拳击等也略有涉猎。尽管如此，我还是有些膨胀，总觉得我的拳法应该还是有很强的实战能力的。谁知道，羞愧啊！说来惭愧，我在巴黎教拳时，三十几岁，正是体力最好的时候。馆里有个德国小伙儿，练拳击，跟我学过几个月的铁臂长拳。我问他为什么来跟我学拳，他说好奇。几个月后我问他，感觉怎样？他说，华而不实，锻炼锻炼身体还可以，实战不行。他这话把我惹恼火了，提出和他比试比试。开始他不肯，经不住我一再纠缠，还是答应了。老实讲，我之所以咄咄逼人，还是太自信了。小伙儿比我矮近半个头，体重也轻，在拳击手里最多就是蝇量级。我相信我对付他绰绰有余。比武就在我的武馆，等学员散了，我们比了三场。你猜怎样？柳伯年看着顾唯中。顾唯中往椅子后面一靠说，连输三场，鼻青脸肿。就这，人家应该还是收着打的。比完下来，我算是明白了，练套路的，永远不要去挑战实战的。铁臂长拳，充其量就是个套路，相当于舞蹈家。柳伯年和顾唯中碰了下杯说，顾先生言重了，这是不同领域,每个领域都有自己的大师。打个比方说,画国画的非要和画油画的比,那就没意思了。顾唯中摆了摆手说,柳先生,你的意思我懂,你也是安慰我,但无论怎么讲,一个武术家没有实战力都是荒唐可笑的。就像书法家,擅长哪种书体都行,但起码要把字写好。不瞒你说,那次之后,每次被人介绍成武术家我都很羞惭,但帽子戴上了,也不是你想摘就能摘的。毕竟,我不是我一个人,而是代表着我这个门派,我不能把大家的饭碗和心劲儿都给砸了。柳伯年喝了杯酒说,顾先生,你说的我也懂,我顶着一顶大画家的帽子何尝不是心惊胆战?就和有位大师说的一样,我画了一辈子才知道我不懂画画,也不懂美。顾唯中放下杯子说,对了,你不是也有故事要讲吗?柳伯年说,你讲过了,我就不讲了。对了,我有没有和你说过,我去瑞士的时候,拜祭过顾震声老爷子的墓地。顾唯中说,难得你有心。柳伯年说,从小听老先生的故事长大的,到了去看一眼,也是分内的事。画还看吗?顾唯中说,看,当然要看。

  后记:两年后,顾唯中过世,火化后葬在家族墓地。墓碑镌刻着四个大字"一代宗师"。在他的墓地上方,埋着顾震声之父顾溪池。顾溪池码头工人出身,三十二岁获选秘密会社鳄鱼门堂主,为人仗义疏财,扶贫济困,深受下层民众爱戴。六十三岁时,被盐商重金雇凶杀害。

  顾唯中过世前,将柳伯年所赠《螃蟹图》及《顾唯中先生像》赠走马镇名人博物馆收藏。除此之外,柳伯年也将部分手稿赠予博物馆。为此,博物馆特意举办了柳伯年作品展。展览上,市民对《螃蟹图》褒贬不一,众说纷纭。至于《顾唯中先生像》，无一不觉神秘莫测，在或浓或淡的墨团中，隐约有人，就像峨眉山的佛光，众人皆见自己，而不见他人。展览结束后，柳伯年闭门不出，不再作画。他将画室改造成兵器室，刀枪剑戟，只要能想到的兵器，一一摆放其中。有人认为这是为了怀念顾唯中，对此，柳伯年坚决予以否定。他表示，这只是他童年的一个梦。他幻想过拥有世界上所有的兵器，忙碌一世，该圆梦了。

# 立 佛

刀手要去杀一个人。一百多年后，他走过的地方唤作"杀人塘"，这是后话。刀手从那里经过时，还是一片人迹罕至的山丘。走到油桐树下，刀手坐下来，喝了口水。他有些渴了。油桐叶子稀阔，风一吹过，摇摆着发出有节奏的声响。草丛里散发出沁人的清香，夏日味道浓盛，黑红色的小蝉叫得大声。刀手鼻子里变得干净，像是肺里结壳的血都洗干净了。他还能听见不远处蛇虫经过的声响，窸窸窣窣，细小的土粒被轻轻翻动。刀手还未上路，这些场景他还要过几日才能见。进入衡阳地界，刀手心里动了一下，一个念头生出，他想回家看看。十多年没回家了，不晓得爷娘老子还有没有气在。离家大约还有三塘，按衡阳旧制，一塘等于十里，不远了。刀手想起了幼时背过的诗，"少小离家老大回，乡音未改鬓毛衰。儿童相见不相识，笑问客从何处来"。诗人的名字有点模糊了，似乎是贺知章，刀手拿不准。这些年，他没有背过诗，连笔墨都很少见。他再没拿过笔。也许是近乡情更怯吧，刀手想，不敢问来人。

到了镇上，刀手找了间旌旗飘摇的店面，看着阔气。只见门楣上写了三个大字"醉武松"。武松的名字刀手是知道的，景阳冈上打虎的大英雄。话说武松喝了十几碗酒，吃够了牛肉，提着一根哨棒摇摇晃晃上了景阳冈。日头西沉,醉意上升,武松双眼惺忪,突然一只吊睛白额大虫袭来,那武松提起哨棒劈将过去,哨棒断成三截。形势险恶,武松果真是盖世英雄,只见他赤手空拳打死大虫,昏沉沉下山去了。刀手最佩服的倒不是武松打虎,他佩服武松拒绝了潘金莲。潘金莲,书上说那是个风情万种的女人,美貌与风韵并存。刀手小时候听过潘金莲的故事,对潘金莲恨之入骨。待长大成人,经历了些事,刀手想法有了变化,他理解了潘金莲,那是个可怜的女人。她怎么可能是个荡妇,怎么可能是个贪图钱财的女人?如果真是那样,她大可不必嫁给武大郎从了员外便是。刀手想过,如果他是潘金莲,他会不会勾引武松。也许会的。但那不是勾引,不过是对英雄的爱慕,又是自家亲人,有点想法,再正常不过了。一想到这里,他又想到武松。武松怎么想的?他的确是个英雄,却未免太过冷血了。刀手的心这些年也冷了,但他没有杀过女人,他怕其中一个是潘金莲,他舍不得杀。走进店里,刀手喊,店家,来两斤熟牛肉,再筛十斤酒。小二笑道,武二爷,你莫乱叫,我这正经的经营,哪里来的牛肉?刀手也笑了,鱼总是有的吧?小二说,那有。刀手敲了敲桌面,说:烧条鱼,再来份猪脚,炒个鸡。酒别忘了,先来一坛。小二下去了。刀手一个人坐在桌边,望着窗外,人不多,都吃饱喝足的样子,慵懒惬意。鱼先上来,接着是炒鸡,最后上的猪脚。刀手喝了几杯酒,街上的声音更加清晰,他的眼睛里像是蒙了一层水,耳朵听着熟悉的乡音。他记得附近的山上有座小庙,以前还有一两个和尚,来来往往的多是在家的居士。庭院中间的香炉,总是冒着白烟,<u>丝丝缕缕</u>的。碰到初一或十五,上香的人多,<u>丝丝缕缕</u>的白烟浓重起来,还带着炙热的火气。小庙后院里种了两棵橘子树,入秋后,原本翠绿的橘子皮微微有了黄意。这时的橘子汁水最为适口，酸酸甜甜，风味最是美妙。太平世道，庙里不招贼，这两棵树上的橘子任性长着，自然成熟。不像外面的橘子，还青着，就被人摘得七零八落。只有小孩子，等到庙里的橘子黄了，实在按捺不住，溜进庙里偷橘子。也说不上偷，庙里总有人，每次摘橘子总有人看着，多是庙里的和尚。和尚对孩子们说，你们别糟蹋东西，好好摘下来放篮子里。等篮子满了，和尚便给孩子们分橘子，每人几个，剩下的，和尚拎回禅房。和尚的年龄，刀手不记得了，那时怕也有四五十岁，他离开镇上时，和尚老得只剩下一口少进多出的气，按说如今应该不在世了。喝了口酒，刀手问小二，那庙里的和尚可还在？小二问，哪个庙？刀手说，附近山上那个，没名字的。小二说，你问别个，我不晓得。刀手又问，那橘子树还在吧？小二说，那倒还在。刀手笑，这个你倒晓得。小二也笑了，这个怎么不晓得，每年都去偷橘子的嘛。把酒喝完，刀手有了醉意，日头也浸了黄色。刀手屙了一大泡尿，该回去了。

  到家时，天早已昏暗，树影黑黢黢地站着，丘陵起伏不止，神牛一般躺卧，这让刀手放松了些。推开院门，柴门破旧，发出吱吱咯咯的响。屋里一盏油灯，颤颤巍巍亮着，像是受到了惊吓。刀手走进屋，看着他老娘。老娘手里拿着碗，正舔着碗沿灰黑糊状的东西。见到刀手，老娘叹了口气，你回来了？那口气像是刀手刚刚出门。刀手说，回来了。老娘又问，你吃过饭了？刀手说，喝够了酒。老娘说，那早点睡，天都黑了。刀手问，我爹呢？老娘说，厢房里躺着。刀手又问，怎么了？老娘抬头看着刀手，这么多年了，你问我？刀手放下刀说，我去看看。老娘说，明天吧，刚睡着。刀手又拿起刀，抱在怀里。刀手用的长刀，狭窄细长，凛凛地闪着杀气。老娘伸手摸了一下刀，吃过了就早点睡吧，我也困了。刀手躺在床上,窗外一轮明月,院子里枣树的黑影蒙了一层银光。这个房间,刀手睡过三年。刀手成年后,老爹加盖了间新房,他对刀手说,以后,你就在这儿成家立业了。我们蒲家三代单传,到了你这里,不能把香火断了。你爹早看中了高家寨高老猪的闺女,长得算不上秀气,壮实敦厚。这是我们农人最好的媳妇儿,老娘对刀手说,屋里总是要有人料理的。刀手黑夜离的家,他跪在爹娘面前说,孩儿不孝,断了蒲家的香火。老爹说,走吧,保住条命在。他娘说,只要有命在,总还会回来。他回来了。爹娘都睡了,酒劲儿涌了上来,刀手睡了过去。很多人的面孔从他面前闪过去,很多声音从遥远的地方传来,缥缥缈缈。刀手梦见了橘子树,他剥开橘子,看到里面挤满一张张的脸。一张张脸像烟一样从里面飘出来,越拉越长,越散越淡,缓慢地消失在空气中。窗外有树枝折断,"咯嘣"一声,像是骨头碎掉的声音。这种声音,刀手太熟悉了。

隔了两日,刀手上了山岗,他要去湘潭杀一个人,也不一定非要杀。刀手握着他的刀,这刀陪了他十年,沾满了血气。每次沾了血气,刀手都要磨刀,像是人做完事总要洗手。磨过后,这刀才重新焕发出精神来。他上一次磨刀是在半年前,那时,他在山东。星黑之夜,他进了一户人家。当他把刀架到男人脖子上时,男人醒了,伸手推了推刀背说,你且放开,我把灯点亮。刀手说,不必了。男人说,我还有点事没有做完。刀手说,你不必做。男人笑了,你还听我说话,可见心还没有冷透,不妨等我片刻,不碍你事。刀手松了手劲。男人起身,把灯点亮,看都没有看刀手一眼,也不叫喊,径直举着灯走向书案边,磨墨,提笔,写了条手札。写完,把笔放好,对刀手说,你可以动手了。刀手一直跟着男人,男人写的字,刀手都看见了。男人说,你要还是条汉子,就不要旁及我的家人。刀手说,我拿的钱只杀你,我不杀妇孺。男人问,还有其他人?刀手点了点头。男人说,也罢,伏命吧。那是刀手杀过的最平静的男人,他似乎早就在等着刀手的到来。那条手札,刀手看过两遍,他有点迷惑,男人没有交代后事,只说了几句闲话,大意是圣贤的话,也可能是错的,不必迷信。刀手对男人有些好奇,来之前他没有问,也不能问,规矩大过天。事后,他打听了一下,那是个辞官的读书人,可能在京城得罪了人。刀手记得他的眼睛,他看着刀手,没有恐惧,反而充满了怜悯,像是舍身饲虎的佛陀。那双眼睛让刀手倦了,他想回家。岭上散发着热气,刀手身上汗津津的,他找了棵大树,坐下来喝了口水,水也是温热的。这条路走的人不多,个把时辰,刀手只遇到了七八个行人,还有两个砍柴的,背着柴刀,一身短打。刀手想,如果当年他没有杀人,会不会已娶了高家的闺女,过着晴耕雨读、砍柴钓鱼的平静生活?江湖上会不会少了个让人闻风丧胆的刀手,乡间多了个慈祥的老父亲?刀手从小习武,那不过是闲暇时的爱好,也是衡阳一代的民风。他坐在树下,抹了把脸,想起刚才擦肩而过的樵夫,他们永远不会想到他是个刀手,还有另外一个他们想象不到的世界。再太平的盛世,也有让人恐惧的隐蔽之地。他要去杀一个人,他笑了起来。

　　前天早上,刀手起来时,天已大亮。刀手吃过早餐,去看老爹。老爹早就起来了,靠坐在床上。大热的天,腿上还盖着一条被单,房间里弥漫着难闻的腐烂气味。刀手熟悉这种气味,那是死亡发来的信息。见到刀手,老爹问,什么时候回来的?刀手说,昨晚。老爹说,你的样子倒也没怎么变,在哪儿我都能认得出来。刀手看了看老爹,老爹真的老了,弯腰驼背不说,头发几乎全白,骨瘦如柴。他刚离家时,老爹还不是这个样子。老爹说,把你的刀给我看看。刀手拿了刀,递给老爹。老爹摸了摸刀身、刀柄和刀尖,还给刀手说,刀是好刀,它见了多少血?刀手说,不计。老爹看了看刀手,既然如此,你去帮我杀一个人。刀手心中一沉,问道,何人?老爹说,你先答应我。刀手跪在地上,双手捧刀正色道,辱我父母者必杀之。老爹说,你起来吧。刀手站起身。老爹说,你去湘潭,把赵介休杀了。刀手大惊,从小到大,他听过无数次赵介休的名字,那是老爹最好的朋友。每次说起赵介休,老爹总是一脸赞叹,那真是一流的人才。刀手八岁时,随老爹去过一次湘潭城,见过赵介休。赵介休摸着他的脑袋说,都这么大了。他记得赵介休和气、温文尔雅的样子。赵介休住在一条巷子里,屋里不大,普通人家的装饰,收拾得却是妥当,给人明朗简洁、舒适大气之感。年龄虽小,他也隐隐感觉到,赵介休不是一般人。刀手问道,为何?老爹看了他一眼,要问?刀手说,不必。老爹说,那好。说罢,闭上眼睛,我累了,想睡一会儿,你出去吧。出了门,见过老娘。老娘问,你爹是不是让你去杀赵介休?刀手点点头。老娘说,不一定非得杀。刀手望着老娘,老娘说,你爹的那一口气在,要我看,赵介休倒也不一定是个坏种,他要是肯认个错,就算了吧。刀手问,到底为了什么?老娘说,一点鸡零狗碎的小事,都是一口气在。老娘想了想说,你爹以前也在湘潭城,他和赵介休从小一起长大的。刀手说,难怪爹对湘潭城那么熟悉。老娘说,你去湘潭城,见到赵介休,你先问他,肯不肯给老蒲家道个歉,要是不肯,再说。老娘没有说杀还是不杀。刀手想,这不像一次任务,更像去讨一个公道,公道的代价可能是一条命,也可能是一句话。一句话和一条命,刀手无法判断哪个更重哪个更轻,他只是觉得有点荒谬,这是怎么等同起来的?

天色渐渐暗了下来，前后皆无客栈，刀手想找个地方过夜。当看到半山腰的破庙，刀手知道，就是这里了。等走进去，刀手发现，破庙确实是残破不堪了，虽然墙角并无蛛网，残墙断垣却处处可见。这是夏日，山林消了暑气，庙里并不燥热，要是冬天雪落，怕是冷得刺骨。刀手看着匾额上的三个字"云盖寺"，心里一惊，这名字他早早听说过。那还是孩童时代，大人常常带着香烛去云盖寺求签拜佛，据说极是灵验。就连求子，也有病急乱投医跑过来拜的。以前香火旺盛，这些年都破落了，至于为什么，没人说得清楚。刀手还是第一次来。既然叫了这个名字，想必夏秋之际，也有云雾环绕的胜景。他这次是见不到了，晚星都出了几颗。进了庙里，只见佛堂里还点着蜡烛，人影却不见一个。刀手喊了几声，有人没，有人没？过了一会儿，堂后慢慢走出个光头的中年汉子来，也不知道是不是和尚。刀手说，打扰大师了。中年汉子看了看刀手，来借宿的吧？刀手说，要是大师方便，还望容留一晚。中年汉子说，来都来了，哪有不留的道理？小庙里简陋，凑合一下。刀手赶紧说，那太谢谢大师了。中年汉子又说，晚上吃了没？刀手这才想到，他最近一餐还是吃的早饭，中午都忘了。不说还好，一说，真有些饿了，肚子也配合着发出"咕噜"的声响。刀手说，还没有，真有些饿了。中年汉子说，那一起吃碗粥吧。刀手跟着中年汉子到了后院，只见后院摆了一张四方小桌子，还有一个身着青衫的年轻男子。院子里种了几棵桑树，高高大大的，树上挂满了桑葚，天色暗了，也不知道桑葚是熟透了呈紫黑色，还是夜色浸了上去。桌子摆在桑树下面，上面放了几个碗碟，一碟咸菜，一碟豆腐干，还有一碟小油菜。边上两个青边大碗，盛满了粥。中年汉子对年轻男子说，你去加副碗筷，有客人来。一会儿，年轻男子盛了粥出来。中年男子举起筷子对刀手说，庙里简陋，随便吃点，充个饥。刀手说，实在是打扰了。中年男子说，不客气的。咸菜和豆腐干都很好，就着粥，清淡自然，把闷热的暑气都刮干净了。年轻男子收拾了桌子，中年男子挪挪椅子，靠着和刀手聊天。刀手笑着问中年男子，按戒律僧人不是过午不食的吗，大师怎么还用晚膳？中年男子也笑了，我是个野和尚，做一天和尚撞一天钟，只要心在，这点事就不管了。刀手说，大师倒是洒脱。中年男子摆了摆手说，你别叫我大师，当不起，这一带的人都叫我野师父，你也叫我野师父吧。两人闲扯了一会儿，野师父问，你从哪里来？刀手答，衡阳。野师父又问，要到哪里去？刀手答，湘潭。野师父追问，访友？刀手想了想说，去杀一个人。野师父叹了声"哦"，又问，你从衡阳哪里来？刀手细细说了。野师父说，你们那里有座小庙，庙里有两棵橘子树。刀手说，正是，野师父去过？野师父说，那橘子真是甘甜。刀手说，确实，我小时候经常去偷。野师父笑了，那我见得多了，我从那里出来的。刀手说，这么说来，我和野师父倒也有些缘分，值得上一碗粥。野师父说，还值一杯茶，你喝不喝茶？刀手说，那就来一杯。野师父喊了两杯茶。喝了几口茶，野师父问，为何要杀人？刀手说，不一定杀。野师父说，你这一念之间，一条人命。刀手说，注定的命，也没什么可叹的。野师父说，我倒没有劝你的意思。对了，你去湘潭要经过豺狗岭，那里有拦路抢劫的，伤人的事经常发生。那帮劫匪，据说凶残得很，搞得这条路也冷清了，单个的没人敢走。你一个人还是绕道吧，安全些。刀手说，这个大师倒是不用担心，几个毛贼，我对付得来。野师父看了看刀手说，这个你自己想，我只是提醒一声。你要是回来，还得经过这里，要是不嫌弃，不妨再过来住。刀手说，多谢师父。夜凉透了，野师父说，我去睡了，你也早点睡。也不知道你什么时候起床赶路，我就不送你了，我这个野和尚，要睡饱才起的。院子后面瓜果熟了，香瓜西瓜都有，你想摘哪个摘哪个，权当过早。刀手说，那我就不客气了。等野师父睡了，刀手走出门去，山林异常寂静，偶尔一两声鸟叫，像是做了噩梦。月亮明亮亮地悬在天上，竹叶上反着幽幽暗暗的光，竹林又深又密，小腿粗的楠竹站成一片一片。刀手站在竹林间深吸了几口气，他闻到里面鲜活的气息，蛇虫鼠蚁正忙碌着，月光让它们充满了活力。四野清明，方圆数里，可能只有他们三个人，刀手有种难得的安全感，他留恋沉睡中的山林。等日头一出，一切都变了。

　　天麻亮，鸟雀叫得欢喜，刀手起身到井边打了桶水，冲了下身子。等身上晾干，刀手去了后院坡地，果然如野师父说的，瓜果熟了不少。刀手摘了两个香瓜，洗净削开吃了。自然熟的瓜果，自是清甜。他又摘了两个，放在随身的背袋里；给壶里灌满井水。做完这一切，天才透出亮光。野师父还在睡，在院子里都能听到鼾声。他睡得太好了，刀手有些羡慕，只有心里一点事都没装的人才能睡得这么好吧？刀手昨晚睡得也不错，山上清凉是一回事，心里安静又是另一回事。走了三个时辰，刀手到了集市，人多了起来。刀手找了个店家，叫了饭菜。吃过饭，刀手问店家，这里离豺狗岭多远？店家说，倒不远，两个时辰就到了。你去豺狗岭做什么？刀手说，我要去湘潭。店家说，客官，我劝你还是绕一下道吧，虽说多走一天的路，图个安全。刀手问，这话怎讲？店家说，豺狗岭有劫匪，来来往往的都知道，若不是成群结队，哪个敢走豺狗岭？刀手说，这样，有多久了？店家说，两个月还是三个月，那些劫匪伤了不少行人，这条路上的人都快绝了。看来野师父说的是真的了。

吃过饭，灌满水，刀手决定走豺狗岭。出了集市，很快进了山，路上越发清冷下来。刚开始还能见到稀疏的行人，走到后面，几乎不见人了。路其实好走，就是草长得有点长，但车辙的痕迹还能看得见。走到山林的空阔处，刀手找了块树下的石头坐下来。再过一会儿，就要进豺狗岭了。他想调整一下生气，把身体舒展开来。刀手开了个香瓜，瓜被太阳晒得温热了，就像屁股底下的石头一样，热气隐隐约约地渗透出来，说不出的舒服。瓜是真甜，刀手想，为什么不多摘两个。一想到这个，刀手暗自笑了起来，笑自己的贪心。刀手正准备起身，远远看到一个人走了过来，像是也要过豺狗岭。刀手挪了挪位置，等着那人过来。刀手等他走近一看，是个中年汉子，愁眉苦脸的样子。见到刀手，来人问，你也要走豺狗岭？刀手点了点头。那人看了看刀手，像是松了口气，不如我们结伴同行，互相有个照应。刀手心里笑了一声，嘴里说道，那好得很，我一个人正纠结要不要过去。来人叹了口气，要不是有急事，哪个走这条劫人的道。刀手说，正是，都是事把人逼的。刀手起了身，和来人一起往里面走。路窄了，林子也深了。来人问刀手，你去哪里？刀手说，去湘潭。来人问，看亲戚？刀手说，看亲戚哪个走这条道？去讨债，逼得没办法。来人眉头一紧，讨债？刀手说，拿人钱财替人消灾，二百两银子，也不是小数目。来人说，那得小心，看来先生吃江湖饭的。刀手说，都是谋个生活。来人说，回来可不要走这条道了，都说有劫匪。刀手笑了，哪里有那么多劫匪。再说，劫匪还能时刻盯着这条道？老虎也有打盹的时候，我就不信单单我能碰上劫匪。来人说，还是小心的好，听说劫匪还伤人。说话间，两人过了豺狗岭，同行到了镇上。来人对刀手说，今天算是运气好，我们就此别过。刀手说，哪有那么多劫匪，道上没人走，这劫匪也没了生意，自然就散了，说不定去了别处。来人拱拱手说，还是大兄见多识广，知道江湖的习性。等那人走后，刀手鼻子里轻轻哼了一声。

到了湘潭城，刀手找了家客栈住下，好好休息了几日。刀手没有急着找赵介休，只要赵介休活着，便跑不了。他得摆脱身后影子般的嘀咕声。那几日，他去了五家当铺、三家票庄。等他找到赵介休家，还在他八岁时去过的那条巷子。院子里的枇杷树粗壮了不少，挂了繁密青绿的果子。他看到赵介休，那人也老了，从巷子里出来时，不像以前那般精神，神态有了沉郁之色。过了几日，满月之夜，赵家的人都睡了，只有赵介休书房的灯还亮着。刀手闪身进了书房。见刀手进来，赵介休慢慢合上书本，说了声你来了，像是问候一个等候多时的老朋友。刀手问，你认得我？赵介休笑了笑，你眉眼儿还在，我还记得你八岁时的样子。刀手不语。赵介休起身给刀手倒了杯水，递给刀手说，你是来杀我的吧？刀手点了点头，不知如何开口。赵介休的样子再次打动了他，他不相信这是个大恶之人。喝了口水，刀手说，只要伯父给家父赔个不是，这事就算过去了。赵介休说，那不行。刀手又说，不必当面，只要你说一声，我就把话带给家父。赵介休摇摇头说，那还是不行。刀手说，到底多大的仇怨，连命都换不了一句不是？赵介休看着刀手，眼神慈祥怜爱，这事你不懂。说罢，赵介休又坐到书案前，你这些年过得怕是也不容易。刀手回了句，还留了条命在。赵介休微微颔首，不错，留得条命在。刀手放下刀说，本不该问，还是想问一句，伯父和家父到底所为何事？赵介休说，上一辈的事，你还是不知道的好。刀手说，伯父这让我为难了。赵介休道，不难，今天我这条命就交给你了。赵介休看了看四周，不过，我们换个地方，不要脏了屋里，儿孙们看见也不好，死也要死得干净洒脱些，不能留人难看。赵介休把书案整理干净，又摆好椅子说，我们出去吧，我知道个好地方。刀手跟在赵介休身后。打开院门，又带上，赵介休往里看了几眼，一屋子的人都睡着了，静悄悄的，没有一点声响。两人走在巷子里，像两只猫，黑影长长地拖在后面。赵介休带着刀手去了一处偏僻的山林，黑影幢幢，他们走过时，树上的宿鸟被惊动了，扑棱棱地飞起来，惊慌地乱叫。赵介休站在荒井边说：就这里吧，你把我杀了，扔进去，一了百了。你要是有心，填了井，莫让人发现，就当我浪迹江湖去了。刀手拱手说，伯父，你别让我为难，只要你开口说一句话，我马上转身回衡阳，回了父亲的话，我就走，这辈子不再进湖南半步。赵介休抬头看着月色，虽然我也怕死，也留恋人间，但不行。赵介休缓缓转过身，背对着刀手说，你动手吧。刀手按着刀，伯父，父命难违，你不要让我难做。赵介休站在月光里，一言不发。刀手又叫了声伯父。赵介休说了声，这事不怨你，动手吧，我知道你迟早要来的。刀手举起刀，说了句，伯父，那对不起了。赵介休说，不说了，这月光真好啊。一道光闪过，一个圆形的黑影掉到井里，一道灰色的光影喷泉一样扑向月亮。刀手跪在地上，磕了三个头，起身离开了树林。回到客栈，刀手洗了手，又拿面巾细细擦了刀身。这刀又要磨了。

刀手早早出了城，到了豺狗岭附近的镇上，刀手决定在这里住上一晚，他还要等一个人。等刀手睡醒，天已大亮，房间里有了微微的热气。刀手想了想赵介休，这么热的天，肯定早就臭了。此刻，他的尸体上必定爬满了苍蝇；要不了几天，蛆虫将在他的尸体里扭动；很快，他将只剩下一具枯骨，肉身荡然无存。那片山林，那口荒井边，怕是没人会去。想到这个，刀手并不感到恶心。刀手没有掩埋赵介休的尸体,如果有人发现,在刀手看来,也不是一件坏事,他会得到更好的安葬,而不是作为一具无名尸体,悄无声息地留在荒井里,他配得上后人的香火。用完早餐,刀手上路了,他要去豺狗岭。进了山林,燥热少了一点,蝉鸣和鸟叫时有时无,路上没见一个人影。刀手浑身有一种激情涌动着,他在等待着一场期待中的战斗,他希望劫匪赶快出现,越多越好。这条路上,应该有劫匪。如果有劫匪,必定在前面的险要处。前面关口处,进口窄,只要进去了,就像进了口袋,进退无方。那段路,长约五十米,两边都是高耸的山崖,中间像个猪肚,两端狭窄,仅供一两人并肩通过,真是一夫当关、万夫莫开的好地形。离关口还有四五百米,刀手停了下来,往路边的树林里走了十几步,蹲下来拉了大泡屎尿,细细系好裤带鞋子,调了调配刀的手位。进关口时,刀手听到树林边窸窸窣窣的声音,心想,他们来了。刚进关口,走了十几米,迎面过来七八个提刀的壮汉。刀手站定,对面的人也站定。刀手看了看旁边的中年汉子,笑了起来,你也来了。中年汉子说,兄弟,得罪了。刀手说,哪个是你兄弟?中年汉子说:都是苦命的人,我们也是图财,不想伤人。我知道兄弟也是江湖上的汉子,你再高的武艺,也打不过我们十几个兄弟。刀手往后一看,背后也站着七八个人。刀手把手按在刀柄上说,我早知道你和劫匪一伙的,哪有规矩百姓敢跟一个拿刀的进豺狗岭,还谈笑风生。对了,湘潭城那几个食客,还有昨晚镇上客栈的那只猫也是你们伙的吧?中年汉子说,既然你都知道了,我也不多费口舌,交出银钱,我们放你过去。刀手大笑,你可想过我为什么来?中年汉子脸色一沉。刀手蔑笑,像你这种蠢货如何做得劫匪?中年汉子恼了,举起刀吼道,你要寻死,怪不得爷不留情了。刀手"唰"的一声拔出刀来,腰身像捕猎时的豹子一般微微弓起，他的双腿因为激动频频发颤，好多年没经过这种大场面了。当年苏州的那场血战，京杭大运河边上，雪落得白茫茫一片。那次，他和两个刀手迎战盐商派来的四十多杀手。那是场暴烈而诗意的战斗，血溅到雪地上，像洛阳牡丹圣手画的写意红牡丹，大块的泼洒，大块的紫红。等刀手回过神来，关口里躺了四个人，还有两个挣扎着往外爬，其他人作鸟兽散，他的刀正指着中年汉子的脖子。刀尖上的血一滴滴滴到中年汉子的脸上、胸膛上。那汉子瘫跪在刀手面前，汗早把衣衫湿透了。刀手眼里一阵阵咸涩，他拿着刀的手抽筋一样颤抖。刀手用另一只手擦了汗，又将刀往前伸了一寸。中年汉子跪在地上，瑟瑟发抖，他连话都说不清楚了。刀手空白的脑子里慢慢有了句子，他问，你不想死？中年汉子说，英雄，求你放过我，我只是讨口饭吃。刀垂了下来，突然一道亮光闪过，刀手擦了擦脸上的血迹，留你何用？出了关口，刀手看了看天上的太阳，红艳艳一团，像是喝醉了酒。刀手想起苏州，那次，他完全不记得中间发生了什么，等周围安静下来，雪落在他的脸上，神志才回到他的身上。这次，和苏州那次如此相似。刀手找了个水塘，把身上脸上洗干净，又把上下的衣衫脱了洗了。豺狗岭的野兽闻到血腥味儿，该出来觅食了。这条路，以后要么没人敢走，要么一世太平。天太热了，刀手想吃个香瓜。

要不要去云盖寺？刀手纠结了一会儿。他站在云盖寺门口时，野师父正打扫院子，手里拿着一把竹枝扫帚。见到刀手，野师父问，你回来了？刀手点点头。野师父说，正好，还赶得上一碗粥，今晚就在这里打发了吧。进了后院，还是那张小小的四方桌子，还是在桑树下，还是一碟咸菜、一碟豆腐干、一碟小油菜。刀手捧起粥碗，喝得哗哗响。野师父笑了起来，你这种喝法，怕是还不够你一个人喝。刀手说,那就让你这野和尚饿着,守点佛家的戒律。野师父端着碗,不慌不忙,夹一片豆腐干,又夹一丝咸菜,喝一口粥。他说,你总不会抢我碗里的。刀手说,那不见得。野师父喝完粥,把碗放下说,我去摘两个香瓜,放井里沉一会儿,吃起来凉得舒服。桌上都收拾妥当,青年男子和野师父打了个招呼,出了庙门。刀手指着青年背影问野师父,那是你徒弟?野师父说,算不上徒弟,是个无家可归的孩子,从小跟着我长大。刀手说,那像你儿子。野师父说,有那么点意思,像我徒弟,又像我儿子,像儿子多一些。他该离开庙里了。刀手说,待在庙里也没什么不好。野师父说,他该看看世间花,不能一开始就告诉他,世间没有花。刀手说,你说复杂了,我听不懂。一来一回,几天的工夫,刀手觉得有些东西变了。开了香瓜,野师父递了一块给刀手,咬了一口说,这瓜甜。刀手也咬了一口说,确实。等月亮出来了,明晃晃的,野师父问,你去了湘潭?刀手说,去了。野师父问,你杀了人?刀手说,杀了。野师父叹了声,哦,到底还是杀了。刀手又说,我还杀了豺狗岭的劫匪。野师父双手合十,阿弥陀佛。好长时间,两人都没有说话,也没有回房间,他们靠在椅子上,微闭着眼,像是睡着了,又像是想事情。半夜,院子里的露水重了,落在人身上有点冷。野师父像是梦游一样问刀手,你还想杀人?刀手说,不。野师父又问,你放得下刀?刀手说,再也不想碰它了。野师父又说了声,阿弥陀佛。

# 大艺术家

赵介休和孙敬之称得上好朋友，这在铁城人人皆知，算不得什么稀奇。发迹前，每隔几天，赵介休就提着酒肉，沿着石阶小巷去找孙敬之。孙敬之家住河边，出门走几步，便是一条小河。以前，还有人在河里洗菜洗衣服，现在没了。倒不是河水不干净，而是人懒了，要洗衣服往洗衣机里一扔了事；洗菜站在厨房水池边，洗完就能入锅，省了来回走的工夫。方便是方便了，孙敬之还是有些留恋。早些年，老婆在河边洗衣服，他在门口看着，心里满是欢欣。等老婆洗完衣服，直起身来，用手抹一下脸上的水珠，冲他一笑，那就不仅是欢欣了，整个人都体贴舒服了。他住的老城区，剩下的河涌不多，都埋在了路面下，流经他门口的这条，作为老城区的景观和念想保留了下来。为了这点念想，孙敬之舍不得搬家，这条河看着他长大。偶尔，孙敬之搬个小板凳，坐在河边钓鱼，收获不多，一个上午能钓三五条，大大小小的，他意也不在鱼。虽说这岸边的榕树、旧房子和香蕉树他看了几十年，再看，还是喜欢。钓到鱼，有时他直接扔回水里去，有时也拿回家。这些年，河里的罗非鱼多了，以前这玩意儿少。他有好几年没在河里钓到鲈鱼了。上次钓到那条鲈鱼，大概有两斤多，杀了一看，腹膜像是涂了一层水银，鳃也是鲜红鲜红的，没一丝杂质。这是条好鱼。他给赵介休打电话，叫他来吃鱼。赵介休在电话里笑，这是条什么鱼，劳您动这么大的驾？孙敬之说，你来。赵介休说，来，当然来。孙敬之约赵介休吃饭，有，但是少。但凡孙敬之约饭，只要没有非常特别的情况，赵介休都来，也不问缘由。那次，孙敬之打电话，语调里有点兴奋，过来吃鱼，我钓的，两斤多的野生鲈鱼。那会儿，河里鲈鱼还有，一年总能钓到一两条，只是个头这么大的少。那顿饭，孙敬之和赵介休吃得愉快，酒也喝了不少。

孙敬之家的院子，以前，赵介休常来。他喜欢那个院子。和孙敬之不同，赵介休是外地人，用现在流行的称呼，他算"新铁城人"。这个称呼，赵介休不大喜欢，用了新旧，还是有了区别心，到底还是没把你当自己人。相比较隔壁的深圳，仅从称呼上就见出了高下，同样是外来人口，深圳说的是"来了就是深圳人"，听着就让人心暖。换在以前，赵介休介意；现在不了，对他来说，这已经不是个事儿。用他常说的话，如果你是重量级选手，就不要把自己拉低到轻量级的水平，你太计较，你就输了。拳王永远不会和路边叫嚣的蠢货动手，你一动手，就是给他脸了。刚来那会儿，赵介休才二十出头，分配到镇上当老师，正儿八经的分配。从长沙到铁城，赵介休有点不适应。虽说离得不远，但整个环境不一样了，最重要的是语言完全不同了，气候倒还是其次的。赵介休尤其受不了铁城排外。在他看来，铁城有什么了不起，不过是仗着改革开放的势头红火起来罢了，换在以前，这儿连流放的犯人都嫌弃。话是这么讲，可人在屋檐下，不得不低头，你到铁城毕竟是来讨生活的，你祖上再阔气也救不了你的急；人家祖上再破落户，这会儿阔气起来了你也没办法。刚来铁城，赵介休去市场买菜，卖菜的老头儿老太太都不搭理他。偶尔搭理，还是操着一口铁城话。白话本就不好懂，作为白话方言的铁城话就更难懂了，赵介休一句也听不明白。每次买菜，他连要给多少钱都听不明白。只好估摸着，掏出大票子，人家找多少算多少。后来，总算学会了几句，勉强能买菜了。不学还好，一学更气了，人家挣他的钱也就罢了，还一脸看不起，一口一个"捞仔"，一口一个"番薯佬"。赵介休气得连菜市场也不去了，也坚决不肯再学白话。他说，这也太欺负人了。几十年过去了，世道变了。如今的铁城，以普通话为主流。很多本地的孩子，从小在学校里说普通话说惯了，也不会说铁城话了。多年后，和本地人聊天谈事，如果人家用铁城话，赵介休会礼貌地提醒，不好意思，我听不懂铁城话，麻烦你用普通话。这当然是个幌子，在铁城生活了这么多年，还讨了个铁城老婆，他早就能听得明白。之所以这么说，还是当年的那口气在。孙敬之也是本地人，他俩能成为好朋友，有原因。第一次看到赵介休的画，孙敬之喜欢。他兜兜转转托人找到赵介休，特意约了赵介休吃饭，用蹩脚的普通话表示仰慕，对铁城美术界的盲目自大和沾沾自喜提出激烈批评。这话，赵介休听着舒服。尤其是看孙敬之说普通话，说一句像硬吞几个螺丝，脖子都梗硬了，那股艰难劲儿，让赵介休觉得受到了尊重。两人交往久了，赵介休知道，在铁城美术界孙敬之是个异类，他身在圈里，就像一条鲇鱼，搅得周围不得安宁。他也知道，只有和他在一起，孙敬之才会梗着脖子说普通话。赵介休领情。彼此有了认可，成为朋友就成了自然的事儿。再后来，赵介休对孙敬之说，你说铁城话吧，我听得懂。孙敬之问，真懂？赵介休说，真懂，我又不笨，来了这么多年，怎么可能还听不懂？孙敬之说，我还一直以为你听不懂。赵介休说，那是做给别人看的，你不是别人。两人再说话，各说各的，赵介休长沙话，孙敬之铁城话，倒也很是有趣。在铁城,赵介休就这么一个本地人朋友,够了。

熟了之后,赵介休也不客气,时常去孙敬之家里,找他聊天喝酒。那会儿,两人也都还年轻,孙敬之父母还健在。二老在铁城待了一辈子,以前没见过外地人,不要说外地话,普通话他们都听不懂。那一代的老人,多是如此。刚开始,二老对家里时不时来个外地人还有点不适应。见了赵介休虽也给个笑脸,话却不怎么说,他们说什么赵介休听不懂,赵介休说什么,他们也听不懂。来的次数多了,彼此能打上招呼了,别别扭扭地说几句简单的话。赵介休人聪明,又风趣,喝了点酒更是滑稽,二老喜欢。要是赵介休有事,十天半个月没来,二老还问孙敬之,阿休怎么好久没来了?有了这层关系,两人来往更加密切。赵介休看着孙敬之的孩子长大、结婚。看着二老从壮年变老,过世。赵介休喜欢到孙敬之家里聊天喝酒,绝无省钱之意,他是真爱这个院子。和铁城传统人家一样,孙敬之家的院子大,里面种了一棵枇杷树、一棵龙眼树,还有一棵荔枝树。香蕉没种,门外就有。院子大,地面铺的水泥,灰白的一层,时间久了,有了土色,还有地方长了苔藓;墙上就更不必说了,摸上去软软的一层。这院子让赵介休想起自己家,虽然里面种的东西、摆设都有不同,但家的气息是一样的。有时来得早,两人各搬一个凳子坐河边钓鱼。一边钓鱼,一边说话,也抽烟。到孙敬之家,赵介休多是一个人,到了之后,要是想起了谁,再叫一个两个来,多了就不叫了。三四个人围着张小方桌,桌上摆满了酒菜,吃着喝着,风就算夹杂着些热气,那都不是事儿了。赵介休话多,孙敬之话少。喝起酒来,赵介休气势大,真要喝起来,他喝不过孙敬之。头几次,赵介休还不服气,他怎么可能喝不过孙敬之?一定是过程出了问题。时间久了,他知道,不是过程问题,纯属实力问题。孙敬之端杯不急不躁，却绝不偷奸耍滑，"养金鱼"的事情是绝不干的。除开酒量大，持续战斗力也强，只要赵介休愿意，孙敬之可以一直陪着，陪到赵介休喝趴下为止。年轻时一起喝酒，喜欢臧否人物，总说这个好、那个不好。赵介休当着孙敬之的面骂过不少人，也有怀才不遇的委屈。他也为孙敬之抱不平，这么高的才华，连个市美协理事的名分都没有，其他人也太眼瞎了。孙敬之听着，也不反驳。赵介休说，你就是太骄傲了，眼里没有人。孙敬之说，那你算什么？赵介休说，有些东西，还是要争取的，今天的艺术家和以前不一样了，没有名声，你什么都不是。孙敬之一笑，你说得对。赵介休说，我不知道你是真话还是假话，要是真话，既然你认为我说得对，为什么不去做？你有这个条件。孙敬之说，我还是喝酒吧，有些事我做不来。赵介休说，你还是生活得太安逸了，没有动力。你要是像我一样，你就有动力了。光身一条到了铁城，什么都得靠自己。孙敬之说，人和人不同。赵介休说，哪有什么不同，你这是一世不愁，无所谓了。有地有房有分红，你得的，我辛辛苦苦都得不到几分。孙敬之说，你跟我说这个有什么意思？赵介休说，那不说了。

等人到中年，赵介休早从镇上到了市里，成了铁城美术界头面人物。只有孙敬之，还住在老院儿里。赵介休还是隔几天去找孙敬之，话题不觉早已变了。从臧否人物到交流技艺，最后随心所欲，漫无边际。一日，赵介休照例提了几盒烧味，又买了一斤上好的肥牛，让店家调好味。再去海鲜档口，挑了两只当季的青蟹，蟹正是肉肥膏满的时候。孙敬之喜欢吃蟹，也有耐心。吃完一只蟹，摆出来那壳儿，还是完整的。那种手艺，赵介休羡慕了一辈子。他也喜欢吃蟹，吃得没耐心，大小的碎壳儿摊了一桌子，没个看相。不止一次,他对孙敬之说,就不说别的,光吃个螃蟹,都能看出我俩的不同来。你耐心干得细活儿,我沉不住那气。到了孙敬之家里,赵介休把牛肉和蟹递给孙敬之,又找了碟子,把烧味摆了盘。烧味还是那几样,脆皮五花肉、烧鹅,外加一份白切鸡,都是铁城常见的吃食。一二十年吃下来,赵介休爱上了这个味儿。除开湘菜、粤菜,别的菜他吃不进去了。偶尔,赵介休也买个麻辣鸭脖、鸭掌什么的。赵介休吃得津津有味,孙敬之拿起来咬上一小口,连连吐舌头,这么辣,你怎么吃得下去?他得喝半杯水涮涮那辣味儿。这还不是最紧要的,紧要的是鱼。赵介休自恃湖南人,洞庭湖边长大的,吃鱼不说天下无敌,那也是挑剔讲究的。到了铁城,吃过铁城各种清蒸鱼,他服了输。更厉害的是隔壁顺德,顺德人有句口头禅"出了顺德不吃鱼"。以前,赵介休觉得这是吹牛皮。等有一天,他出了广东,外地的清蒸鱼,他再吃不下去了,这才服了顺德人做鱼的厉害。孙敬之菜做得好,尤其是蒸鱼,更是一绝。同样一条常见的草鱼,孙敬之蒸出来,细嫩软滑,鱼肉晶莹透亮,仿若玉质。而他蒸出来,鱼肉白森森的,像是水洗后沉下来的石灰,一入口,柴。他还记得前些时候,孙敬之在门口钓了条两斤多的鲈鱼,打电话叫他来吃。那条鱼,孙敬之用了心,蒸得分秒不差。他还想着鱼,孙敬之炒好了牛肉出来,又进去端出盘姜葱炒蟹。那蟹炒的,三个字——说不得。为什么说不得?看着净流口水了,一张嘴,怕口水掉地上。桌上还有两盘青菜:烫的生菜,腊肠炒芥蓝。等其他人吃完了,孙敬之和赵介休收拾了桌子,把剩下的菜理一理摆好,端到院子里。他俩准备好好聊天喝酒了。

　　那天,孙敬之知道赵介休找他有话说。赵介休也知道,孙敬之知道自己找他有话说。饭桌上,两人都没有说。等家里人散了,两人在院子里坐下，孙敬之给赵介休倒了杯茶。酒喝过了四两，两人正处于微醺状态。这种状态最是舒服，头不晕眼不花，舌头不大。肉体松弛下来，脑子进入活跃状态。赵介休看着院子里的枇杷树说，今年的枇杷好像结得不多。孙敬之看了看枇杷树说，去年多，今年就少了。你说这个干什么？都过季的东西了，你想吃也没有。赵介休说，想起来了说一嘴，你家的枇杷是真好吃。孙敬之说，那当然，好品种，个儿大，甘甜，又是在树上自然熟的，能不好吃吗？赵介休说，是好吃，每次来你家，我总盯着这几棵树。孙敬之一笑，你吃得还少？树上的枇杷说你吃了一半，夸张了，四分之一那是绰绰有余。赵介休说，我脸皮厚，不怕你嫌弃，明年我还摘。孙敬之说，只要你好意思，我也不怕你摘，家里人也不是很爱吃，你吃了总比浪费好。赵介休笑了，听起来像是我帮你解决了麻烦。两人一起笑了。酒喝到六两，赵介休端着杯，对孙敬之说，孙老师，我有个事情想跟你说。孙敬之也拿起杯，看着赵介休。赵介休和孙敬之碰了下杯，一口把酒喝了，说，该怎么说呢？孙敬之说，我们俩还有什么不好说的，这么多年了。赵介休笑了起来，放心，我不向你借钱。孙敬之说，我也不怕你借钱。赵介休说，孙老师，我想做点事情。孙敬之问，什么事情？赵介休说，想开个厂，搞搞灯饰。孙敬之给赵介休的茶又续上了一杯，怎么想到搞这个？赵介休说，不是想搞这个，是想搞钱。孙敬之听完，你这个年纪，不上不下，出来创业风险很大，你自己想清楚。赵介休说，我想过了，我也不是一个人干，有个相熟的朋友带着。孙敬之说，那，还画画不了？赵介休说，我搞了二十多年艺术，至今还是没搞出个名堂，说实话，有点心灰意冷了。赵介休这话一说，孙敬之有点意外，他没有想到赵介休的心灰意冷。赵介休平时从没说过这话，谈起艺术总是滔滔不绝。不止一次，他逗孙敬之，你们岭南画派再牛，也干不过我一个湘潭老头儿。孙敬之说，你这么说就没意思了。这些年，赵介休从镇上到市里，从小学美术教师变成了铁城文化艺术研究院专业画家，兼任市美协副主席，不说名满天下，名满铁城那是稳稳当当的了。这么骄傲，甚至狂妄的一个人，突然说心灰意冷，着实让孙敬之吃了一惊。他问，你去创业，那专业画家还当不当了？赵介休说，这个不矛盾，你也知道，我一个礼拜去点个卯就行了，时间多。我也不做法人代表，投资进去，日常管理着。孙敬之说，这个东西我也不懂，你想好了？赵介休说，差不多了。孙敬之说，既然想好了，那我也不说什么了，生意上的事情，怕也麻烦得很，你一投身进去，手上的功夫肯定是要放下了。赵介休说，人不能贪心，总不能什么都占着。再说，就算我再努力，又有什么用？铁城这点名声，在我看来就是个笑话。斗方名士，还不如一只白切鸡。孙敬之说，那我就不多说了，好好干吧。赵介休说，搞钱，我就要搞钱。我这个年纪了，连个宝马都开不上，我还算个艺术家？孙敬之说，你喝多了。赵介休说，那就再来二两。赵介休确实喝多了，临走时，差点掉到河里。他扶着大榕树，哇哇地吐。孙敬之说，看你吐的这个恶心样子，我都不想在这里钓鱼了。赵介休哈哈大笑。月色明亮，没有夜鸟惊起。

  赵介休忙，孙敬之知道。他没做过生意，闲了半辈子，但身边做生意的人不少。见过发财的，也见过亏得卖房卖股份的。有人想拉孙敬之一起做生意，孙敬之都拒绝了，他说，我没什么本事，做不了生意。拉他合伙做生意，图他什么，孙敬之心里明白，他手里那几个钱，还有稳定的分红。他虽然闲在家里，做些不着边际的"勾当"，也挣不到钱，不过没关系。他手里有两栋楼收租，每年还有固定的分红，这钱足够他一家活得体体面面，他不想折腾。他不想折腾，老婆也没意见，日子过得安安稳稳。赵介休和他不一样，有些话虽然以前也讲过，他心里也明白。铁城灯饰厂多，据说产量占全世界的三分之一，大产业。产业虽大，高科技却谈不上，说到底还是个没什么技术含量的行业。灯饰设计按说重要，也没人在这上面下功夫，都是抄，谁都懒得搞原创。花钱花时间，一上市，要不了三天全行业来抄，打假都打不过来。这个和行画差不多。孙敬之去朋友家里，见到的多是行画，也都不便宜，他看得五味杂陈，又不好说什么。这点东西，真不是钱能解决的。做了灯饰厂，赵介休忙起来，来得比以前少了。孙敬之也不给他打电话，没必要。他要想来，自然可以来，像以前一样。给他打电话，反而给他增添了负担，不来对不起朋友，来了耽误生意。再来，赵介休脸上有了疲倦。再后来，脸上舒展开来。过了一年，赵介休恢复了以前的节奏。孙敬之为他高兴，要是赵介休愁眉苦脸，那就是遇到麻烦了。看他脸上表情，生意应该做得不错的。

　　有天下午，赵介休提着一条东星斑进了院子。孙敬之正在书房画画，画的大榕树和公鸡。见赵介休过来，孙敬之放下笔说，过来也不打个招呼。赵介休说，想着过来看看你，就过来了。《王子猷雪夜访戴》不都说了嘛，乘兴而行，兴尽而返。孙敬之笑道，那你这是准备走了？赵介休说，我姓赵，和姓王的不一个风格。看了看画案上的画，赵介休说，越发纯熟了，你应该开个山头，把新岭南画派那帮浑蛋干死。孙敬之说，你看你，都是个生意人了，杀气还那么重，和气生财嘛。出了书房，赵介休说，我带了条鱼，放厨房了。孙敬之走进去，又出来说，那么破费干吗？赵介休说，适当也改善一下。孙敬之说，看来赵总发财了，我们这帮穷兄弟有依靠了。赵介休笑了起来，别人损我也就算了，你损我我心里就不舒服了。孙敬之说，哪里有损你，我这是替你高兴。说实话，刚开始我还有些担心你，现在放下心了，你可能真的天生适合做生意，不像我，一辈子只能贴着几张纸过日子。赵介休问，哪几张纸？孙敬之说，卫生纸、新闻纸、胶版纸和宣纸。赵介休笑了起来，多好的日子，不像我，忙得像狗。孙敬之把鱼蒸了，又随手做了几个小菜，端上桌说，家里没人，就我们俩，随便吃点。赵介休说，这就不随便了，两个人五个菜。赵介休兴致不错，他夹了块鱼说，孙老师，你蒸的鱼，世界一绝。孙敬之说，你这也太夸张了，做了几天生意，人都不实在了。赵介休说，我说真的，我吃过的鱼也不少了，顺德厨师蒸得好不好？好，可那种好里总带着股客气，像是做给客人的东西。你这就不一样了，是家人的那种好。有时候人怀念家乡味，其实也就是怀念那口气。孙敬之举起杯子说，你这夸人的水平也提高了，有前途。酒过三巡，赵介休给孙敬之讲了个故事。几个月前，他去谈一个客户，怎么也谈不下来。生意可以做的，但老板总是卡着，时不时制造点小麻烦。赵介休想不明白这到底为什么。送礼请客这些事情，他不忌讳。既然出来做生意了，就不要有文化人的包袱。老板不吃请。赵介休想，这老板到底是想要什么？痛痛快快说出来，我也好打发。有天，又去老板那里喝茶，喝了半天，寡寡淡淡。老板突然指着墙上挂的画问，赵总，你觉得这画怎样？赵介休这才认真看了看，画一般，倒也不太像行货。他说，还不错。老板说，赵总，我知道你是专业人士，你不要骗我。赵介休说，确实还不错的。老板意味深长地看了赵介休一眼，看来赵总还是没有把我当自己人。赵介休没吭声，老板给赵介休倒了杯茶，说，我看很一般。赵介休没接话，他不知道老板是不是在引蛇出洞。老板又补充了句，有股行画气，落笔俗套了。赵介休接了句，你这么一说，我像是看出来了，你这眼力，放在艺术圈也是一流。老板喝了口茶说，赵总的画我看过，画得那叫一个大气，好东西，好东西啊！只是以前无缘得见赵总，没想到有机会和赵总合作。话说到这儿，赵介休算是明白了。他说，兄要是看得上，我送幅画请兄批评。老板一听，赶紧说，这么重的礼物，我怎么受得起。赵介休说，我那几笔瞎涂抹，只要兄看得上，我欢喜不尽。等赵介休把画送过去，什么事都顺了。赵介休对孙敬之说，我没想到，我的画在这儿倒起了作用。孙老师，我发现，我送人画比请客强，请客我低三下四求人，送画人家还要高看我一眼，事儿一样地办了。孙敬之说，那也挺好。赵介休说，搞了一二十年艺术，没想到作用起到这儿了。说完，又是一番感叹。

　　过了两年，铁城美术家协会换届，赵介休当了主席。孙敬之一点也不意外，也是这两年，赵介休在铁城声名鹊起，走到哪儿都能看到他的画。他出了好几本画册，在铁城、省城和国内其他城市大大小小搞了七八次个人展。每次搞个人展，请的都是美术界的名流，热闹非凡。铁城的画展，赵介休请了孙敬之。孙敬之不大想去，他对赵介休说，我一个平头百姓，有空去看展就好，不去凑开幕式的热闹。赵介休说，那不行，全铁城都知道你是我的好朋友，我的展览你不去，那像什么样子？外人还不定造什么谣呢。孙敬之说，不至于，我没那么重要，没人关注。赵介休说，我看得到，没有你在，我这个展览做得有什么意思？话说到这个份儿上，孙敬之再推辞，那就是他的不对了，事不能做过头。开幕式那天，铁城宣传部部长、文联主席，还有美协的头面人物都来了，省里也请了几个副主席。这些人，孙敬之大都认识，他坐在那里，有些不安，手脚都不知道该怎么放。照例是讲话、祝贺。形式走完了，赵介休陪着宣传部部长看画，一边走一边讲创作体会。过了一会儿，领导们都走了，只剩下一圈艺术爱好者。孙敬之对赵介休说，我改天来看画，先回去了。赵介休说，你也别急着回去，一会儿一起吃饭。美协的都还在，估计是提前说好了要吃饭。一看这样，孙敬之更坚定了要走的心。他说，你也知道，我好些年不掺和这些事儿了，看着眼慌。赵介休说，那也好，我不勉强你。出了展馆，孙敬之把胸花取下来，扔进垃圾桶，整个人感觉轻松了许多。赵介休去省城搞展览，也约了孙敬之，孙敬之推了。每搞一次展览，赵介休在铁城的名气就大一圈；等国内巡回展览完，铁城已经放不下赵介休了。下届美协主席，非赵介休莫属。赵介休当美协主席，对孙敬之来说无所谓好坏，他早就不混圈子了。赵介休过来，他还是像以前一样对待。上午换届，下午孙敬之接到了赵介休的电话，他对孙敬之说，孙老师，晚上有没有空？我去看看你。孙敬之说，赵主席，你别叫孙老师，我受不起。赵介休说，这么多年朋友，你应该了解我的。孙敬之心里还是热了一下，说，你今晚没应酬？我以为你要喝个大醉的。赵介休说，应酬哪天都可以，接下来半个月，估计天天都是酒局了。想和你说几句话，孙老师，也就在你这儿我能说几句人话了。孙敬之说，那你来吧，我去买点菜，你别带东西来，就当给你庆祝一下。赵介休说，那我就真不带了，也该好好吃你一顿了。孙敬之笑了。挂了电话，他骑车去了菜市场，买了条鱼，又买了两斤蛏子。他还记得，豉汁蛏子赵介休爱吃。再煲一个莲藕排骨汤，这汤，赵介休也喜欢。

　　正是四月，铁城最好的季节，回南天也过去了，空气清爽舒服，也不热。这样的好日子，一年只有难得的两三个月。等赵介休过来时，孙敬之早就做好菜了，还特意拿了珍藏的黄酒。这酒，放了五六年，琥珀一样凝重通透，一入口，蜜甜。平时，孙敬之也舍不得多喝，倒不是因为贵重，都是普通的农家东西，值不了几个钱，胜在难得。一般客家自酿的黄酒，都不多，顶多一年半载就喝完了。这坛酒，孙敬之放忘记了。再发现，才想起是几年前的事情了。打开来一尝，口感更加香醇，回味悠长。酒剩得不多，孙敬之还是打了三斤出来，不够再加，今晚就算喝完也尽兴了。见到桌子上的黄酒，赵介休还以为是洋酒，他说，孙老师，这玩意儿我一直喝不太惯，刺激得很，有股煤油味儿。孙敬之笑了，不是洋酒，是黄酒。一听说黄酒，赵介休说，那我就放心了，每次喝醉，几乎都是因为洋酒。孙敬之给赵介休倒了一杯，你闻闻，尝一口。赵介休端着玻璃杯，转了转说，我哪里还要闻，一看就知道你把压箱底的东西拿出来了。以前你那小气样子，喝一杯要你命似的。孙敬之说，不是不舍得给你喝，是因你不懂得欣赏，你不是爱喝啤的白的嘛。赵介休说，那今天你怎么拿出来了？孙敬之作势要收酒杯，你不喝算了。赵介休连忙捂住杯子，我喝我喝，我什么时候说我不爱喝了？两人嬉笑着打趣了一会儿，家里人祝贺过赵介休都散去了。二人照例来到院子外面。赵介休一抬头，看到了满树的枇杷，他说，这才多久没来，枇杷都熟了，赶紧摘点下来下酒。说罢，起身要去搬凳子。孙敬之拉住赵介休说，你坐着，这么大年纪了，喝了点酒还蹿上跳下的，也不怕摔坏了老骨头。说罢，喊了老婆过来，让摘些枇杷。老婆摘了枇杷，去屋里洗。孙敬之举起杯子说，这杯敬你，祝贺。赵介休说，谢谢，不过，实在不是什么值得祝贺的事儿。孙敬之说，这话怎么讲？赵介休说，别人不知道，你还不知道？为什么让我当这个主席？这些年我挣了点钱，又搞了些展览，算是名利双收了。让我来带这个头，不就是指望我出钱出力嘛。这点道理，我还是懂的。孙敬之说，那你还干？赵介休说，要是当别人面，我说说漂亮话也就罢了，和你我就实话实说了。我为什么不干？这点钱我能挣回来，对我在艺术上也有帮助。孙敬之说，那倒是。赵介休接着说，收了我的画的，看到我的画在增值，他们也高兴。比如说，我的画说是两万一平尺，有没有人买？没什么人买。重不重要？一点都不重要。我也从来没指望过靠这些吃饭，我在意的是别人觉得值钱，这就够了。只要他们觉得值钱，总有一天，他们会付这个钱。而且，我把话扔在这儿，有了这个头衔，我出去说话办事，肯定会比以前方便多了。孙敬之说，那当然，祝贺你。枇杷洗了端上来，赵介休耐心地剥了一个，塞进嘴里，吐完核说，真是甘甜，清爽得很，感觉嘴巴都干净了。孙敬之也拿了一个，放在手里细细把玩。枇杷熟了，表皮光滑，那种黄和杧果肉的黄不一样，杧果肉的黄显得厚，枇杷的黄带着水润通透。吃了几个枇杷，赵介休对孙敬之说，孙老师，我今天来不是要你祝贺，也不是来讨喜的，有点事想和你商量。孙敬之说，你讲。赵介休说，你看，省内国内，我的展览也搞过不少了。今年，或者明年，我还想搞个展览。孙敬之说，那很好啊。赵介休说，孙老师，我有个构思，我想去中国美术馆搞个展览。在国内，就算哪里都搞过了，没去中国美术馆，那还是差点意思。孙敬之说，那当然很好。赵介休看着孙敬之说，孙老师，我想和你一起搞，费用我来出。孙敬之说，嗯？赵介休接着说，我们一起在中国美术馆搞个展览。说小点，这是我们俩多年友谊的见证；说大点，也是展示铁城的美术实力。孙敬之连连摆手说，不了不了，我的东西上不了台面，见不得人，让人看笑话。赵介休说，这话我就不同意了，我们的东西真的差吗？我看不见得，我们只是缺个机会，缺个平台。就说我，我这几年有点影响，不是我画得比以前好了，只是有人看到了。孙敬之闷头喝了口酒。赵介休说，你也别急着回答我，还早。今晚，咱们就好好喝点。说实话，当了这个狗屁主席，心里还是高兴。

等赵介休走了，孙敬之又喝了一杯才去睡，他想着赵介休说的事儿。一连几天，他都在想，要不要去中国美术馆做个展览？一想，没有必要，要那个虚名干吗，又不在圈子里混，不过是个爱好艺术的"孤魂野鬼"罢了。又一想，为什么不呢？虚不虚另说，做了半辈子艺术，让人看看有什么不好？来来回回，想过好多回，还是定不下心。孙敬之感叹，到底还是俗世中人，这点诱惑，就把心搞乱了。钱贿俗，他不过贿雅，这些东西在本质上没什么区别，都是欲望。等赵介休打过电话来问，孙敬之说，我再想想。这不是托词，也不是三推三让显得客气懂理，确实有些纠结。听出孙敬之的犹豫，赵介休说，既然还在考虑，那就说明还是有这个想法，那就一起搞吧，别纠结了。孙敬之说，我再想想，再想想。熬过了几个月，喝了好几次酒，说了好几次，反反复复。有时同意了，第二天又反悔。几个月后，孙敬之说，我还是不参加了。赵介休有点失落，真不搞了？孙敬之说，不搞了。赵介休说，你让我说什么好呢，还是太清高了。又过了大半年，赵介休的个展在中国美术馆开幕，新闻孙敬之都看到了，心里五味杂陈。本来，他也可以出现在那里，他自己放弃了。铁城艺术家登陆中国美术馆成为城中热点话题，铁城的媒体铺天盖地地报道，艺术圈更是兴奋不已。这是多大的事儿？对铁城来说，那就是前无古人的事儿！等赵介休从北京载誉归来，朋友圈几乎要刷爆了。孙敬之再"宅"，这些消息还是看得到的，他有些烦躁。过了几天，赵介休给孙敬之打电话，说要给孙敬之送本画册。孙敬之想了想说，好的。赵介休下午来的，四五点钟。孙敬之拿着画册，用手细细抚摸着，质感真好，画册印得高端大气，比他以前出的画册好太多了。他又看里面的画，有些陌生。这几年，他们交流虽然也不少，他其实没看过赵介休的画，猜想也不会好。一个艺术家，整天忙着在生意场上折腾，心思哪可能在艺术上？可这些画却生机勃勃，充满自由感。以前，赵介休的画虽然也不错，却总有股束手束脚的小家子气。开阔了，成了。孙敬之的手有点抖，里面有些东西，他怎么努力也达不到。就那一笔，可遇不可求。看完画册，放好，孙敬之说，画得真好。赵介休兴致勃勃，讲起在北京展览的故事，谈以后的构思。他说，他准备把他的画用在陶瓷、家具和服装上。这几个产业，在铁城非常成熟，他也找到了合作伙伴。大艺术家应该有让作品进入生活的能力，赵介休说，比如说白石老人，老百姓个个都知道，那才算破圈了，小圈子自娱自乐没什么意思。他还在说，孙敬之打断他说，我今天不太舒服，就不留你吃饭了。送赵介休出门，孙敬之拿起画册，走进书房，把画册放在案头。又拿起来翻开，他想给赵介休打个电话，想去看看他的画。手机拿出来，又塞进了口袋。

　　门前的河水还是和以前一样，赵介休偶尔也过来坐。那天，孙敬之正坐在树下钓鱼，半个上午，一直没有鱼上钩。孙敬之一边喝茶，一边刷手机，浮漂一动不动。他的手指在一条新闻上停了下来——他看到了赵介休的大照片。新闻不长，孙敬之却看了好久。他难以相信，赵介休的宣传广告登上了纽约时代广场纳斯达克大屏。他在电视里、微信里看到过那块广告屏，那块位于纽约市曼哈顿区第四十二大街、百老汇大街和第七大道交叉的三角地带的广告屏。那栋三角形的大楼，弧形的屏幕，他无数次在财经类节目中看到过它，它被誉为世界四大黄金广告位之一。孙敬之没想到，有一天，他的朋友会出现在那块大屏上。广告很长，足足有二十秒，拍得非常精美，有国际范儿。孙敬之看了几遍，又看了看报道，关上手机，继续钓鱼。这件事，赵介休没有和他说过。再仔细想想，赵介休怕是有个把月没来找他了。孙敬之握着鱼竿，对着水面说了句，大艺术家。

# 大冒险家

谁也不会认为那是会出现奇迹的一天，包括铁城最不靠谱的大刀王五。大刀王五，男，身高一米九四，英俊帅气，头发微微鬈曲，高鼻大眼，眼里还带一抹翡翠般淡淡的蓝绿，据说有部分吐蕃血统。他说他的祖先来自遥远的波斯，那是一个辉煌灿烂的帝国，祖先开疆拓土，疆域辽阔。波斯人和波斯文明在大刀王五的嘴里翻滚，他经常指着自己的眼睛、拉着头发告诉朋友们，我来自遥远的波斯，你们要对我好一点，毕竟我也算是外国友人。朋友们对他是否来自波斯不感兴趣，对他这个人却兴趣盎然。大刀王五这个名字近两年才叫起来，以前大家不这么叫他。如果你在铁城生活，如果你去过著名的泮湖公园，如果你去的次数足够多，特别是上午，那么，你一定见过大刀王五。没错，他手拿一把大刀——见过战神关羽的大刀吧？长柄，刀背上还挂着红缨子，就是那种大刀。几乎每天上午，大刀王五都在公园里耍大刀，表演各种令人感叹的绝技。围观的群众总是那一群，他们对大刀王五的爱深沉、热烈、持久。谁能想到大刀王五有那么多鬼点子？他把大刀耍得嗷嗷叫不算最大的本事，关键是他的演技太好了。对着镜头，他做力拔山兮气盖世状，号称大刀长两米零八、重三十六公斤，他挥舞大刀，虎虎生风，好一个盖世英雄。为了耍好大刀，王五真去学过。学会了基本套路，王五脑洞大开，各种自由发挥。他拍的最著名的视频有"刀劈蜻蜓"，只见一只蜻蜓扇动翅膀，从空中快速飞过，王五手持大刀，一声大叫，说时迟那时快，只见大刀闪电般划出一条弧线，蜻蜓遽然从空中掉落地上。镜头从远处看，蜻蜓完整无缺，这是怎么了？难道蜻蜓被大刀王五吓坏了？镜头拉近一看，乖乖，蜻蜓翅膀被大刀给削掉了，难怪飞不起来呢。刀术自然是假，剪辑却是花了真功夫。这段视频网上讨论得热烈。有人说大刀王五乃当代刀神，这功夫了不得。这么说的多半坚信传统武术乃搏击至尊，点穴、太极、隔山打牛自然也都是实在功夫。更多的不信，那都是冰冷的科学主义者，他们坚决不信那么重的刀能耍得那么快。有那力气，随随便便就能拿一块奥运金牌，还在公园里折腾个啥？王五乐见其争。王五的视频在好几个平台都很火，据说也挣了点钱。偶尔，他也做做直播。直播时，他不怎么耍大刀，多是唱歌、跳霹雳舞。他唱得那是真不错，舞跳得更是一绝，毕竟年轻时下过真功夫。大刀王五的刀，我不说你也知道，反正不是金属的。这在王五干过的事情中，怕是最靠谱的。

话说有一年，王五神神道道地说，他要发财了，新疆发现了大型金矿，目前国家还没有开采，他要去新疆淘金。朋友们都劝说，别去，这么好的事儿，怎么可能轮得到你？还淘金，你怎么不去非洲挖钻石呢？然而一个月黑风高夜，王五独自背着行李出门了。一年半后的又一个月黑风高之夜，燕子李三家的门被敲响了。当时，燕子李三正和赵四在家里喝酒，都是一起习武的师兄弟，他们说到了王五，为王五叹息，王五算是走上邪路了。燕子李三轻功学得好，三层高的楼房，他能徒手翻越。燕子李三喝了杯酒说，王五聪明啊,可惜没上正道。赵四说,就是就是。燕了李三说,都怪我没有劝住他,去什么新疆,淘什么金,铁城不好吗?只要我们兄弟在,其利断金。赵四说,那是那是。燕子李三又说,现在可好,人是死是活都不知道。赵四说,哎呀哎呀,怎么说呢怎么说呢。燕子李三长叹一声,可惜了。就在这时,他听到了敲门声。声音不大,节奏均匀。他红着眼睛问赵四,可是有人敲门?赵四说,就是就是。燕子李三一脚朝赵四踢了过去,那你还不去开门?门打开,门后站着个蓬头垢面的人,胡子留得有三寸长。见赵四开了门,那人也不理他,径直往里走。赵四拉住他,你干吗干吗?那人一脚把赵四踢开,低吼一声,你给我滚。这一声,赵四听出来了。他冲燕子李三喊,老三,好像是老五。燕子李三站了起来,一看,果然,这不就是王五嘛。他一把拉住王五的手说,哥正说到你,你就来了。王五说,哥,我先洗个澡,刮个胡子,你把你干净衣服给我一身。过了大半个小时,王五从浴室出来了。他坐在桌子边上,指着菜碗说,再加几个菜,再加箱酒。他说这话的神态,好像他只是去上了个厕所。这会儿的王五,干净、精神,和刚进来的那个完全不一样了。喝了几杯酒,燕子李三问,兄弟,你真去了新疆?王五说,那还有假?燕子李三又问,挖到金子了?王五没说话,转身打开行李箱,拎出个红绸子包裹着的物件,"噔"的一声搁在桌子上。燕子李三和赵四瞪大眼看着王五,王五把红绸子解开,露出黄灿灿的一大坨。燕子李三的眼睛直了,他摸着那坨黄,声音颤颤,干涩地说,兄弟,恭喜,你发财了,狗头金啊。赵四结结巴巴地说,发财了发财了。王五喝了杯酒,慢慢把红绸子系上,幽幽地说,我干了一年多,换了块铜。铜?燕子李三有点惊讶,又舒了口气,像是终于放心了,说,怎么会呢?王五说,我被人骗了,这块铜时刻提醒着我，做人不要贪心，两万块钱，怎么可能换这么大块狗头金呢？燕子李三问，那你就这么算了？王五说，这个教训值两万块钱，何况我还落了块铜。王五给这块铜做了个红木底座，摆在家里神案上，每日香火供奉。再后来，他成了铁城著名的大刀王五，他说，我就是那个卖铜的人。

那天上午，王五耍完大刀，和摄像师坐公园里抽烟。他们坐在湖边的石椅上，湖面上大大小小的船四处游荡，多是鸭子、小熊，还有龙的造型，花花绿绿的，看得人眼晕心烦。还是远处的塔好看一些，黄褐色的一团，把天空戳出几个劲道的角来，用力压在水口上，都说"宝塔镇河妖"嘛。大刀王五突然想起一首诗来，他用胳膊捣了一下摄像师，你听过一首诗没？摄像师笑起来，你还懂诗？王五说，说不上懂，背过几首。摄像师说，背来听听。王五放下烟，掐灭，站了起来，面对宝塔，清了清嗓子，念道：远看宝塔黑乎乎，顶上细来底下粗。有朝一日倒过来，底下细来顶上粗。念完，王五看着摄像师。摄像师一头雾水，完了？王五说，完了。摄像师不屑，你这什么鸟玩意儿。王五叹了口气，你不懂，你没有幽默感。摄像师问，这谁写的？还不如张打油呢。王五说，一代诗宗，张宗昌。摄像师踢了大刀一脚，刀就放在石椅边上，发出哐哐响声。那不就是一个没文化的军阀嘛，"三不知"将军，还一代诗宗？摄像师说，王五，你越来越不靠谱了。王五说，他孤独啊，你们都不懂他。他这话说得真心。王五读书不多，诗更是读得少。上学那会儿背古诗文，他没少挨打。前些年，王五偶然在网上看到了张宗昌的诗，一下子就喜欢上了。这诗多好，通俗易懂，接地气。什么是人民群众喜闻乐见的艺术？这就是了。王五又搜罗了不少张宗昌的诗，背至滚瓜烂熟。要抽烟了，他来一句"忽见天上一火链,以为玉帝要抽烟。如果玉帝不抽烟,为何又是一火链";去公园,不妨来一句"大明湖,明湖大,大明湖里看荷花",都是贴近生活的好句子,王五真心喜欢。他最喜欢的还是"风吹屁股冷,不如在屋里",多么传神,多么准确。试想大雪封门,寒风料峭,白茫茫雪地里脱下裤子方便,那可不是"风吹屁股冷"嘛。王五往湖里丢了颗石子,水波纹一圈圈荡漾开来。他指着塔问摄像师,你想到了什么?摄像师说,塔嘛,还能想什么。王五拍了摄像师脑袋一下,你这个猪脑子,你能干什么?王五站起身说,明天拍个刀劈宝塔的视频。摄像师说,那是不是太假了?王五提起大刀,作势要砍摄像师,这叫假?幽默感,幽默感有没有?人家刀劈地球都行,咱们劈个宝塔怎么了?摄像师一下子明白了,最近那个视频非常流行,赶紧说,行行行,明天咱们就劈宝塔。又在湖边闲扯了一会儿,王五说,你回去吧,我想点事情。摄像师起身准备走,王五说,你把刀也给带上。摄像师气呼呼地说,凭啥啥都要我拿?王五一脚踢了过去,凭我是你舅老子,凭我比你聪明。滚!

又抽了两根烟,王五打了几个电话,约了酒局。他约了燕子李三,想着要不要约赵四。燕子李三说,赵四就不要约了,一个厌货,什么都不懂。王五一想,也是,复读机似的,没什么意思。他想起了两个人,申聋子和丁宝琪。他和申聋子很久不见了,甚是想念。申聋子话不多,听人家说话像是没听到一样,故此得名。也是因此,大家有什么话都和申聋子说,都知道他不传话,别人也问不出话来。叫丁宝琪是为了燕子李三,这几个月,燕子李三一直在追求丁宝琪。有丁宝琪在,燕子李三高兴,爱表现,这酒局的单,可能就抢着买了。大家都叫丁宝琪"小宝",有时也叫"宝气"。她确实很有些宝里宝气,但长得那是真漂亮,有人说像梁咏琪,也有人说像张柏芝，还有人说像舒淇。总之，长得漂亮的女明星她都像。她不能开口说话，也不能动。一开口，一动作起来，全身上下洋溢着粗俗劲儿，连大刀王五都受不了。王五不止一次和她说，你能不能少说两句话，别扭来扭去！丁宝琪不理，话还是那么多。再说，她就开骂了，看不惯给老娘滚！王五心疼得塞牙，那么好一身皮囊，糟蹋了。燕子李三也觉得可惜，这要是斯文点儿，那真是人间尤物。又一想，幸亏丁宝琪有这股粗俗劲儿，要不然也不会和他们混在一起。

　　到了地方一看，多出两个人。丁宝琪带了个闺密，燕子李三身后跟着赵四。见到王五，燕子李三说，哥儿几个今天齐呀，是个好日子，好日子。他背着赵四朝王五挤眉弄眼，意思大概是我也没想带他来，人家硬要来，我也没办法，谁知道怎么哪儿都能碰上他。王五没客气，指着赵四问，你怎么来了，谁请你了？赵四说，我跟三哥一起，跟三哥一起。燕子李三说，谁让你跟我一起了，你不是下午还有事吗？赵四说，没事没事，什么事也没有和老三老五聚重要，都是兄弟，都是兄弟。王五只得坐了下来。丁宝琪看不过去了，她指着王五骂，人家赵四来怎么了，你请个客至于这么嚣张吗？说罢，看了燕子李三一眼，又说，说不定谁买单呢，人五人六的。王五敲了敲桌子，关你屁事。丁宝琪说，我就看不惯你这嘴脸，咋的，还想拿刀劈我啊？她"咯咯咯"笑了起来，丰满的乳房随之颤动。目光落在丁宝琪的胸上，王五嘴软了，那是真好看，太销魂了。他约丁宝琪出来，就为了看那两坨肉。至于燕子李三，爱怎么想怎么想，反正丁宝琪还不是他的人，他也管不着，谁还不能勾搭了。丁宝琪结过一次婚，结婚不到一年，离了。离婚的原因，在铁城尽人皆知。她前夫姓甚名谁不便透露，毕竟人都要面子，且称他为朱先生。朱先生和丁宝琪结婚前，请同学们喝酒。得知朱先生要和丁宝琪结婚，同学们都劝他，结婚乃人生大事，一定要深思熟虑。丁宝琪长得是漂亮，但漂亮的女人不一定适合做老婆，还是讨个本分的好。理由一千种，朱先生"咬定青山不放松，立根原在破岩中"，坚决要娶丁宝琪做老婆。结婚当天，两口子过来敬酒，男同学坐了满满两桌，都客客气气的，随的都是大红包。朱先生想，到底都是同学，感情还是深啊。婚后不久，朱先生知道了，这红包大得有理由。离婚后，朱先生又约了原班人马喝酒，骂道，你们这帮鸟人，不厚道啊。人人都笑，都劝你了，你不听。朱先生说，你们这是把我当什么了？一个个给朱先生敬酒，兄弟，你当时太坚决，你也知道，这话没办法明说，我们都暗示得那么明显了。而且，同学这么多年，你一点风言风语没有听到？朱先生长叹一声，谁知道都是真的呢？同学举杯，都是在同一条战壕战斗过的，都是兄弟，不说了，不说了，喝酒。丁宝琪的名气本就大，经此一役，更是声名远播。让人别扭的是，自从离婚后，丁宝琪像是变了一个人，疯还是疯，玩还是玩，但她不舍得下本钱了。燕子李三追了丁宝琪几个月，就像狼见了肉，到底有没有吃到嘴，还是一桩悬案。王五猜想，离得还远。他听人讲过，丁宝琪现在不好把握，太精了，毕竟也是有故事、见过场面的人。

大刀王五和燕子李三、申聋子喝白的，丁宝琪和闺密喝红的，赵四一个人喝啤酒。丁宝琪的闺密何美瑄酒风不错，长得虽然比不上丁宝琪，但姿色也是一流。特别是那腰，堪称风姿绰约。她去上厕所时，王五盯着她的腰，看着她圆润紧俏的屁股随着腰一扭一扭，口水流了半酒杯。丁宝琪笑王五，你看看你样子，想把人家生吞活剥了似的。王五和丁宝琪碰了下杯，生吞不必，活剥真想，太想了。丁宝琪笑得花枝乱颤，流氓。说罢，她凑到王五耳边说，你努力下，好上手。王五笑了，网上说得果然没错，带闺密出去喝酒，那都是介绍闺密给别人玩儿。丁宝琪"啪"地给了王五一个耳光，说什么呢。丁宝琪手轻，调情的意味大过警告。燕子李三问，你干什么呢？大刀王五说，没事，我们逗着玩儿呢。等丁宝琪闺密回来，坐下，她脸微微有点红了，像是去洗手间补了妆，唇色更好看了。王五凑到她边上说，你还好吧？何美瑄说，没事儿，这还早呢。王五问，你看抖音吗？何美瑄说，有空也看，我看跳舞，我自己也跳舞。王五看着何美瑄，像是惊讶，这样，怪不得你身材这么好，半个铁城的男人都被你迷倒了。何美瑄掩着嘴角笑，说，哪有这么夸张，人家连男朋友都找不到。王五大喜，铁城的男人眼都瞎了，要不就是看你长得太好，没人敢追你。何美瑄又笑，哪有，夸张。嬉笑毕，王五拿出手机说，我给你看我拍的视频。何美瑄眉头往上一挑，你还玩抖音？王五说，瞎拍。王五贴到何美瑄身边，拿着手机，给何美瑄看视频。何美瑄一声声惊叫，哇，这是你呀？好厉害呀！何美瑄叫起来的样子，像是个没见过世面的少女。王五故作轻描淡写地说，我这号才三十多万粉丝，还有发展空间。何美瑄满脸崇拜地看着王五，你好厉害呀，我才一万多个粉丝。王五举起酒杯说，那也很棒了，不过玩抖音有方法的，改天我教你。他的手轻轻拍着何美瑄的大腿。丁宝琪从人缝里给他竖起大拇指，无声地说了两个字，看那口型，说的是"牛×"。王五正暗自得意，看到燕子李三把手放丁宝琪肩膀上了。他有点不爽，他也想勾搭丁宝琪，和何美瑄撩起来，有点谦让的意思。这一谦让，搞得自己不舒服了。这个时候，他也不能放下何美瑄，那就显得太不厚道了。他希望丁宝琪矜持一点，不要让燕子李三占便宜。丁宝琪像是没感觉到，任由燕子李三搭着肩膀。王五只得举起杯酒，对燕子李三说，三哥，咱哥儿俩喝一个。燕子李三的手还是没有放下来，另一只手端着酒杯塞到王五面前。王五站了起来，双手执杯说，我敬三哥。燕子李三也站了起来说，兄弟客气。丁宝琪点了根烟，意味深长地看着王五，像是嘲笑，又藏着一丝得意。申聋子很少说话，看着大家喝酒。敬他的酒，他一杯不少。他也敬酒，没什么废话，就一句"喝一杯"，周围的玩闹嬉戏好像和他没什么关系。申聋子是本地人，据说从没出过铁城。他做红木雕刻，手艺极好，在铁城名气很大。除开红木雕刻，他还会烙画，做出来有水墨效果，焦、浓、重、淡、清皆全。申聋子说过，手艺人靠手艺吃饭，话可说可不说。申聋子单身一人，还没结婚，年纪三十出头。王五和申聋子认识，也是这两年的事儿，他的刀，还得麻烦申聋子。

喝到日头西斜，残阳落下，几个人都有了醉意。丁宝琪看着满桌子的残羹冷炙说，不行，不喝了，头晕了，我要回家。她拉着何美琄，要何美琄送她回家。王五急了，都说出来喝酒，哪有这个时候跑路的，不行，坚决不行。燕子李三也说，出都出来了，哪有喝得半途而废的道理？赵四说，就是，就是。王五冲赵四大喝一声，你给我闭嘴！赵四赶紧闭上了嘴巴。他们几个人一起喝酒，经常从中午喝到凌晨，从没有下午六七点散场的时候。这个点儿散场，上不上下不下的。不吃饭吧，晚上会饿；吃吧，一肚子的酒吃不下东西。唯有继续喝酒才是最佳选择。大刀王五和燕子李三的酒量也好，当然，最好的还是赵四。一起喝那么多年酒，二人从来没见赵四醉过，哪怕他俩暗戳戳联合起来对付赵四，等他俩都趴下了，还得赵四送他俩回家。赵四的酒量，对他俩来说是个谜，但自尊心让他俩不问，他俩看不起赵四，顺带着也看不起赵四的酒量，哪怕这是真实力。申聋子拿着杯子，不言不语。丁宝琪伸了伸懒腰，扭了一下腰肢，燕子李三和大刀王五同时吞了口口水。丁宝琪往椅子上靠了靠，真喝不动了。燕子李三说，也不急，还早，休息一下。丁宝琪说，都在这儿坐一下午了，没劲。她手里拿着包，想走没走的样子。大刀王五说，换个地方吧，也吃不下东西了，换个喝酒的地儿。丁宝琪眼睛亮了一下。燕子李三问，去哪儿？王五盯着丁宝琪，让小宝定吧，看她喜欢哪儿。丁宝琪从包里摸出一支口红，我也不知道去哪儿好，看瑄瑄有没有好推荐。何美瑄说，我很少出去玩，都不熟悉场子。王五说，小宝，还是你来吧，别客气，都是自己人。想了想，丁宝琪说，要不去飞地吧，这个点儿酒吧还没开呢，飞地环境还不错。一听丁宝琪说出"飞地"两个字，王五倒吸了一口冷气，地方是个好地方，还有另一个特点，贵，死贵。燕子李三说，飞地好，还是小宝有眼光。他幸灾乐祸地看着王五，这不是你让丁宝琪选地方吗？王五后悔了，但面上又不好说，他说，这会儿是不是太早了？丁宝琪说，不早，正合适，这个点儿飞地人不多，最适合喝酒聊天。说完，拉了拉何美瑄问，瑄瑄，我说得对吧？何美瑄说，这会儿最好，过了十一点，飞地人太多了。王五只得说，那走吧。他坐着没动。燕子李三招了招手说，服务员，买单。他满脸堆笑。相比下一场，这一场几乎算是不要钱。他买了这一场，算是尽了人情。本来就是王五约的局，那么，下一场，王五无论如何不好意思赖了。五个人，分两台车。丁宝琪对燕子李三说，你们先走，我盯着王五。燕子李三有点不高兴，还是走了。上了车，丁宝琪往王五怀里靠了靠。有点困了，我眯一下。说罢，把头靠在了王五肩膀上。

到了飞地，几个人围着方台坐下。放眼望去，星垂平野阔，月涌大江流，景致真是好。王五问丁宝琪喝什么。丁宝琪说，我还是喝点红的吧，别掺其他酒了。他没再问其他人，直接叫了两打啤酒，让服务生拿两个红酒杯。给丁宝琪和何美瑄倒上红酒，王五给自己开了瓶啤酒。啤酒冰爽，微风和畅，佳人美丽，王五觉得还是值得的。他喝了不少白酒，再喝啤酒，近乎无味，但他知道，如果喝多了，明天会更加不舒服。从中午喝到此刻，大家都有些疲惫，只有申聋子面色如常。王五坐在何美瑄边上，手不安分起来，他在桌子底下撩起了何美瑄的裙子。燕子李三拉着丁宝琪舍不得放，像是怕有人抢一样。喝过几杯，丁宝琪从燕子李三身边挪出来说，要不玩个游戏吧，我看大家都喝不太动了。王五问，玩什么？丁宝琪想了想说，就玩真心话大冒险，简单点，也好玩。王五说，行。燕子李三说，好。何美瑄说，要不要玩得这么刺激呀？赵四说，好的呢，好的呢。申聋子还是没有说话。规则讲清楚了，赢家发问提要求，输家执行。刚开始几轮，真心话和大冒险都在常规范围内，随着游戏深入，难度越来越高，大家的兴趣都被调动起来了，又紧张又期待。真心话几乎是性秘密，这是这个游戏的必然归宿，所有人都不意外，甚至，正是因为这一点才让人兴致勃勃参与其中。红酒才喝了小半瓶，啤酒一打还没完，时间也还早。赵四赢了，丁宝琪选了大冒险。赵四说，给我们跳个舞。丁宝琪站起来说，跳就跳，正好散散酒气。丁宝琪跳了个舞。啊，丁宝琪跳得太好了。她的腿，她的腰，她的如丝媚眼，她的脚踝和耳垂，她散发着热烈的魅力。大刀王五快要炸了，燕子李三快要飞起来了，赵四的口水混合着酒液，连申聋子眼睛都直了，只有何美瑄似乎有点不屑。丁宝琪最多跳了三十秒。等她坐下来，燕子李三举起酒杯说，跳得太好了，跳得太好了，必须一起喝一杯！丁宝琪的脸更加红润水滑。王五舔了舔手指头，似乎手指头上还有丁宝琪的味道。

等所有人上过厕所，再次回到桌上，气氛变得平和宁静，像是刚刚结束了一场夏季的雨。此刻，气氛变得倦怠、温和，真心话的内容也发生了变化。现在，大家都知道，燕子李三才是真正的搏击高手，他崇拜无限制搏击。十年前，他在广州，一人单挑十二个拦路抢劫的江湖贼子。他在不到五十秒的时间内，撂倒六个手持砍刀、钢管的壮汉。剩下六个见状四处逃窜，燕子李三穷追不舍，致一人死亡，三人重伤。这件案子轰动一时，燕子李三最终被判防卫过当，虽然不用坐牢，但钱赔了不少。他对丁宝琪说，看过《一个人的武林》吧？王宝强说得对，武术不能打的那还算什么武术。何美瑄问，你号称燕子李三，你会飞吗？燕子李三笑道，不管你住几楼，只要你愿意，我爬到你床上没有任何问题。我不会飞，但懂点技术。何美瑄笑眯眯举着酒杯，流氓，就知道爬人家床上。王五心里一愣，这感觉不对。赵四的酒量，也不再是什么秘密。据他说，最多喝过四斤高度白酒，没醉，甚至清醒得让他自己讨厌。赵四说，我搞不懂你们喝酒有什么意思，喝啥呢，喝啥呢？各位看官关注的王五的刀，那是下了真功夫，高科技材料，据说使用了纳米技术。桌上的人，隐私八卦几乎都曝光了，只有申聋子，还是什么都没说，什么都没做。只要他输了，他一言不发，端起酒杯喝掉。一晚上了，他似乎还没有醉。王五看着申聋子说，虽然规则允许，你也不能一晚上老喝酒，啥都不干，这游戏都被你玩得没意思了。申聋子看着王五，依旧没说什么。王五说，这样，我们接着玩，如果你输了，你得说几句话，或者大冒险。申聋子想了想，点了点头。总算等到申聋子输了，何美瑄问，你愿意我做你女朋友吗？一伙人都盯着申聋子，只见申聋子不紧不慢地说，不愿意。何美瑄问,为什么?申聋子说,那是下一个问题。何美瑄心有不甘,又没有办法。又过了一会儿,丁宝琪问申聋子,听说你一辈子没出过铁城,是真的吗?申聋子说,假的。丁宝琪还想问,一张嘴,又闭上了嘴。燕子李三接着问,你最远去过哪里?申聋子回答,省城。大刀王五问,为什么?申聋子回答,拜师。何美瑄问,你为什么不愿意我做你女朋友?申聋子回答,你太好看了。赵四问,小宝和瑄瑄你愿意要谁?申聋子说,瑄瑄。丁宝琪问,你有多少现金?申聋子想了想,一千四百万。申聋子说完,一桌人都惊呆了,谁都知道申聋子有钱,谁也没想到申聋子这么有钱。又问了几个问题,申聋子说,你们这样车轮战就没意思了,不能盯着我一个人。王五说,为了让你说几句话,你看我们喝了多少酒。酒又加了两打,都快喝完了。等王五再次赢了申聋子,王五说,这次不玩真心话了,我们来个大冒险吧。申聋子看着王五,脸色平静。王五想了想说,你去趟非洲吧。申聋子问,现在?王五说,当然,游戏进行中,当然立即执行。申聋子举起酒杯,又放下。燕子李三说,王五啊王五,不是我说你,都知道你不靠谱,玩个游戏也这么不靠谱,还去非洲,你怎么不让人上天呢?丁宝琪和何美瑄都笑了起来,指着王五骂,变态,变态不靠谱。赵四也说,你这样玩就没意思了,这就没意思了。王五说,那他可以喝酒嘛,他都说了这么多了。只见申聋子望着王五,慢慢说道,你说真的?王五说,当然。申聋子说,好吧。说完,起身离开了酒桌。一桌子人都笑了起来,这玩笑开过分了。望着申聋子的背影,何美瑄满眼迷离地说,好man啊。王五相信丁宝琪的话了。

接下来的故事大家都知道了。有半年时间,大刀王五和燕子李三都打不通申聋子的电话,去工作室找,也不见人。不见就不见了,都是江湖人士,谁也没有放在心上。燕子李三没有追到丁宝琪。大刀王五和何美瑄建立了正式合作关系,他们的抖音号火遍全网。在网上,大刀王五和何美瑄是夫妻关系。为了设置剧情,大刀王五特意找了北京电影学院毕业的专业编剧。走的还是通俗路线,大刀王五英雄救美,成就一段美好姻缘。何美瑄在直播间跳舞时,大刀王五端着杯茶在旁边看,百看不厌,跳得太好了。她的腰肢百转千回,每一滴血、每一个毛孔都流淌着让人兴奋的液体。王五向何美瑄求过欢,何美瑄拒绝了,她说,你其实还是喜欢丁宝琪,我知道的。我们俩这个关系,不适合。一旦有牵扯,在钱上就不好扯了,谈情感伤钱,谈钱伤感情,是吧?说得有道理。丁宝琪倒是约过王五几次,两人半推半就,终究还是没有成。这么过了半年,话说某一天,大刀王五、燕子李三、赵四还有丁宝琪和何美瑄都接到了一个电话,电话里说,他是申聋子,邀请大家到飞地坐坐。等几个人赶到飞地,只见申聋子坐在上次的那张桌子上,已经开好了酒。见到他们几个,申聋子站了起来,热情地和他们拥抱。他甚至还亲了亲丁宝琪和何美瑄的脸。申聋子黑了,也壮了。和大刀王五、燕子李三拥抱时,他说,太想你们了,实在太想你们了!王五倒了杯酒说,这半年你死哪儿去了?申聋子说,现在,我回来了,游戏继续。王五一愣,什么游戏?申聋子说,难道你忘了?你不是要我去非洲吗?他话一说完,大家都愣住了。王五说,你真去非洲了?申聋子说,我接受了,当然得完成。我知道你们可能不相信。他伸手拿起放在身边的腰包,拿出护照,指着红红绿绿的印鉴说,这个我造不了假吧?又拿出手机,翻开照片。照片上,一派非洲风光,颜色深浅不一的黑人,还有白人和黄皮肤的亚洲人。丁宝琪和何美瑄的脸上有了迷离的神色。还是何美瑄先说出口,×你妈,你还真去了非洲啊！和何美瑄合作这么久，王五还是第一次听何美瑄爆粗口。他看到何美瑄的眼泪掉下来了。申聋子把护照丢在桌子上，又把一沓照片丢在桌子上。他举着酒杯，滔滔不绝地讲了起来，和以前沉默寡言的申聋子判若两人，像是在做梦：

你们永远无法想象非洲，那是一个迷幻的大陆。我看过成群的角马和野牛在草原上奔跑，它们像风和黄土一样自由；我还看过水中潜伏的鳄鱼，它们的牙齿能咬碎人类的头骨；在南非的部落中，我见过脸上涂满红土的土著，他们半裸着身子，又高又瘦，皮肤呈红黑色；我见到了此生最明亮、最繁密的星空，我像是个游荡在银河中的自由人。很久以前，我看过海明威的《乞力马扎罗的雪》，我想知道，那么高的地方是不是真的会有豹子。我没有看到豹子，乞力马扎罗山上的冰雪，和天空的云朵交织在一起，像是牛郎织女的婚纱。在赞比亚，我染上痢疾，差点死掉。我想着，我一定要回来，继续这个游戏。亲爱的王五，你像火焰，点燃了我。我想给你讲个故事，那是在很久以前……

何美瑄像是醒了，她打断申聋子的话说，你是不是魔怔了？王五接过何美瑄的话说，不，他是个诗人，和张宗昌一样伟大的诗人。何美瑄冲王五叫道，我说话你不要插嘴。她走到申聋子身边，坐到他的腿上，双手捧住申聋子的脸问，你说你愿要我是真的吗？申聋子看着何美瑄，温柔地说，是真的，但此刻，游戏必须继续。

# 洗手间里有什么

有些事情你永远无法搞清楚，比如，洗手间里有什么。你知道有牙缸、牙膏、牙刷、毛巾、马桶、花洒、洗手盆、清洁剂等等，还有各种小玩意儿。每天早晨，你起来，就得去洗手间。你得刷牙洗脸，你得对着镜子梳理头发，看看脸上有无长出新的老人斑。这真可怕，你才四十多岁，可是脸上已经长出了老人斑。刚长出来那会儿，你还不相信。你认为，那不是老人斑，那只是痣或者晒斑。说出"晒斑"这两个字时，你非常不自信，你很少在太阳底下活动，长晒斑的可能性几乎没有。为什么要赖在痣身上？你只是不想承认那是老人斑。你心里可以确认，那就是老人斑。在新闻里，你见过杨振宁的照片，他脸上的斑和你脸上的一模一样。只是，岁月的沉淀不同，他的斑比你的大且厚重。你看着脸上的斑，左边和右边各有一个，位置上甚至还有点对称。你当然不喜欢，可你得承认，这两个斑时刻提醒着你，无论如何，你不再年轻了。它们的出现，比皱纹更有说服力。你在洗手间待的时间不多，洗脸刷牙几分钟的事。每天早晨，庞丽娜上班后，你才慢慢踱进洗手间，享受一个人的时光。你坐在马桶上，身体松弛，有美妙的幸福感。你并不厌恶自己的气味，甚至，还有一点陶醉。偶尔也有意外，你对你的气味感到极为不满，人怎么可以有如此令自己羞耻的气味？尽管如此，你待在洗手间的时间依然不多，所有时间加起来，每天肯定不会超过一个小时，包括洗澡。正因为如此，你无法理解庞丽娜。

认识庞丽娜那会儿，你状态不太好，你们认识的过程俗气得你不好意思和人说起。那会儿，你还在一家单位上班，过着朝九晚五的日子。白天，你和别的同事一样坐在电脑前，面对一堆数据。你的工作是用这些数据做出符合逻辑的分析，然后形成正式的报告发布。单位对你工作的要求在于逻辑的严密性，至于数据的准确性，和你没有关系。每次，你总能得出符合期望的结论，这让你在单位混得不错。后来，你为此感到羞耻。这是后来的事，你有可能也是为自己找借口。正如每次对女儿说起和庞丽娜的恋爱，你总会说，妈妈很喜欢我，她向我表白，我接受了她。妈妈追我的时候，如何如何。这都是虚构，你很清楚。真实的情况，不妨做一个梳理。那会儿，你刚刚经历了一场失败的恋爱。这场失败的恋爱，影响持续至今，它在部分程度上粉碎了你对人的信任。你不再信任女人，或者说女性，直到女儿出生。你不止一次想象，如果女儿像你的前女友，你会不会继续爱她？你得出了结论，你还是会继续爱她。因为她是你女儿，即使她是个浑蛋。你也因此理解和原谅了前女友父母的粗暴和冷酷，至少你当时这么认为。你甚至因此原谅了前女友，她也是女儿，也被人爱着。你知道，在爱面前，没有正义，只有感受。那会儿，你不这么想。你沮丧，你愤怒，你像一头病了的狮子，你想把这个世界干翻在地上，但你找不到发泄对象。你去过酒吧，故意把杯子砸地上，故意撞人。看着你血红的眼睛，没有人和你动手。你也在午夜的街上嗷嗷叫，朋友们看着你，只要你不去死，你做什么他们都不会拦着你。在愤怒中，你急切地想找一个女人。正好，单位趁中秋节和别的单位搞青年联欢，意思很清楚，希望他们搞对象,这也是工会的"功德"之一。联谊单位也是精挑细选,对方得配得上我方,收入、社会地位等等。门当户对的意思。以前,你没有参加过。一来你有女朋友,没有这个必要;二来,你看不上这个玩法,总觉得太功利了。这次,你报名了,即使没有看得上的姑娘,至少也能混杯酒喝。

你和庞丽娜就是在那次活动上认识的。初次见面,你们对彼此的印象都不太好。庞丽娜嫌你没有风度,整个儿像个酒鬼。大家都在玩游戏,只有你在不停地喝酒吃菜,还发出放肆的大笑。你对庞丽娜的印象也相当一般,她长得一般,妆化得太浓了,更要命的是太做作了。你没想到,你会娶她。联欢之后,很长一段时间,你没想起庞丽娜。直到一个朋友的酒局上,你又遇到了庞丽娜。你们彼此看了好几眼,你终于忍不住问她,你是不是某单位的?我们好像联谊过。庞丽娜举着酒杯说,我早认出你来了。你说,那也是缘分,一起喝一杯。庞丽娜说,哪个想和你有缘分。你说,你看不上我没关系,反正我也没看上你。朋友笑了,按电视剧的套路,你们应该在一起。你们被迫喝了个交杯。那天晚上的庞丽娜漂亮了不少,你的情绪也平静了下来。这让你们都客观了些,彼此留了电话。周末,你约庞丽娜一起吃饭。庞丽娜说,饭就不吃了,听说公园里木棉花开得很好。你说,那我开车来接你,一起去看看。那是晴朗的一天,你和庞丽娜坐在公园的草地上,微风和畅,吹在脸上,像是涂了脂粉,不仅有香味,还有细腻的温柔。那种感觉,你每次用完洗面奶都会有。没有了油腻,皮肤有了质感,虽然并不是日常的状态,却让人舒服。离你们不远的地方,孩子们在玩耍,湖面漂着游船,木棉花开得繁盛,鸟儿纷纷飞到木棉树上。细小的绿腹绣眼在花丛中跳跃,吸食它们最爱的花蜜。你和庞丽娜说了很多,从前女友说到宇宙大爆炸和人类危机。庞丽娜对宇宙大爆炸和人类危机没什么兴趣,却对你前女友兴趣盎然。等你说完,庞丽娜告诉你,她太能理解你的感受了,她遇到了比你前女友更渣的渣男。那真渣啊。庞丽娜把故事讲完,说真的,你没觉得她前男友有多渣。事后,你回想了一下,那不过因为你是个男的,你也干过不少渣事儿,只是前女友不知道罢了,这让你更加心理平衡了一些。但你不能说明,你得陪着庞丽娜,你们对渣男渣女的共同仇恨让你们迅速获得了认同感。那个下午,聊的内容虽然并不让人愉快,你们却获得了释放,心情愉快了很多。木棉花掉了一地,火红的花朵让你们的心也炙热起来。

和庞丽娜走出公园,你再一次邀请她共进晚餐。这回,她没有拒绝。你带着她去了常去的那家饭馆,人多,口味好,本地最受欢迎的饭馆。你们站在门口等了一会儿才排到位,站在门口那会儿,你认真看了看庞丽娜,发现她其实很漂亮,身材很好。她的五官乍一看不算非常出色,却非常耐看,越看越觉得有着恰如其分的比例,这就是真正的漂亮了。你明显感觉到气氛在发生微妙的变化,未婚男女一起等排位,像是情侣,而情侣一起等,那就再合适不过了。你心里有种特殊的情感在流动,你相信庞丽娜也感觉到了,她看你的眼神和在公园里不同了。坐下来,你点了几瓶啤酒,庞丽娜喝了两杯。她问你,你真那么爱喝酒?你说,也还好。她说,第一次见你,你喝得太多了。要命的是那根本不是个喝酒的场合,大家都知道是来干什么的。你笑了起来。她说,除非,你根本无心,不过是去凑个热闹。你又笑了。庞丽娜说,你再笑我就走了。你不再笑了,庞丽娜笑了起来。她的手臂细细的,手指很长,涂了各色的指甲油。她脸上的妆很淡,露出了本色,还能看见几颗淡淡的雀斑。你突然意识到，你想要的就是这样一个女人。一个礼拜后，在你家里，沙发上，你把庞丽娜按在了沙发上。你想，该到这个程度了。你没想到的是庞丽娜拼命挣扎。你以为庞丽娜只是象征性地抵抗一下，你加大了力气。庞丽娜更加用力，脸上有了绝望，她哭了出来。这一哭，让你惊讶。你没想到，也感到不可思议。你赶紧放开她。庞丽娜还在哭，你哄她，告诉她你爱她。她继续哭了好半天。等你哄好了，她告诉你，她并不是不能接受，也不是不愿意，只是不想。你有些疑惑。她说，我知道你刚刚失恋，你迫切地想要一个女人，而我正好出现了。你可能还没有确定爱我，得到我会让你获得平衡，你可能会因此爱我，但现在肯定不是。你没吭声，你知道她说得对。庞丽娜摸着你的头说，你心里还不干净，等你心里干净了，你再来找我，你要什么，我都给你。那天，你在庞丽娜怀里哭得像条死狗。等哭完，你相信你真正爱上了庞丽娜。

你们结婚前，和别的情侣一样约会，去看电影、吃饭、泡酒吧。你平生只看过一次话剧，就是和她一起。你没想到她还有这个爱好。你住的地方离文化艺术中心不远，每次从那里经过，你都会看到话剧季的广告，你从未想过这和你有什么关系。那天，庞丽娜突然对你说，我们去看话剧吧，孟京辉导演郝蕾主演的。你不知道孟京辉是谁，但你知道郝蕾是谁，你看过她拍的电影。你去买票，惊讶地发现，即使在你们生活的那个小城市，一张话剧票好点的位置也要六百八十元。戏几天后上演，你回家搜索了一下孟京辉，了解到他导过《恋爱的犀牛》，你喜欢这个名字，顺手把剧本找来看了，剧本你也喜欢。遗憾的是，你们订的那场不是《恋爱的犀牛》，而是——忘了叫什么名字了，总之，郝蕾演的，她的表演极有张力。你第一次看话剧，还有些不适应。对你来说，话剧显得有些做作，而满场的粗口更让你惊讶。你从来没有在影视剧中听过那么多暴烈的粗口和性器官的名字。你难以理解，为什么它们可以出现在话剧舞台上，而观众似乎默许了它们。你才知道，你心里有着牢固的审查意识，你时刻在审查你自己，生怕越雷池一步。你是个小心谨慎的人。让你更惊讶的是演出结束后，庞丽娜去了洗手间，过了一会儿，她走了出来。你总觉得哪儿不对劲，又没有发现。又过了一会儿，你终于发现了不同。看演出前，庞丽娜的唇膏很淡，只有若隐若现的一点修饰。从洗手间出来，她已涂上浓艳的红色唇膏。你只在电视上见过那种夸张的红色。庞丽娜坐在你对面，问，你喜欢这种颜色吗？你有些不自在，好像周围的人都在看着你。庞丽娜说，在这个小城市，连涂个艳色的唇膏都会让人觉得惊世骇俗。她问你，你想我把它抹掉吗？你说，那倒不必。进了家门，你把庞丽娜按在墙上，使劲亲她的嘴，你对着那一点艳红，使劲吮吸。似乎那点红是宇宙的靶心，只要你击中了它，你就拥有了全世界。那天，你第一次看话剧，也第一次在床上说了脏话。你有种释放的快感，像是大自然中赤身裸体的野兽。事后，庞丽娜去了洗手间。等她回来，你已经睡着了。

　　结婚后的故事乏善可陈。或者说，日子过得非常平稳，以致失去了足够的轮廓感。刚结婚那会儿，你们经常一起刷牙洗脸。你们从不好意思当着对方的面上厕所到习以为常，这个过程并不长，不到一年。你们就这样过了好几年。几年之后，情况发生了微妙的变化，你不想再当着庞丽娜的面上厕所，也不愿意庞丽娜当你的面上厕所。几年的夫妻生活，你们对彼此太过熟悉，你想要一点私密感。即便是夫妻，也不应该这样一览无余。你确信，洗手间里发生的事情，几无美感可言。只是出于生活的便利性，你们接受了在同一空间干这些毫无美感的事。现在，你厌倦了。后来有一天，你看到一个故事，讲的内容和你的状态大体相似。故事的结尾，那对夫妻离婚了。再后来，故事中的女主结婚了。有次，他们偶遇。女主问男主，我想知道，你为什么如此介意？你要知道，如果家里有两个洗手间，我也不愿意那么做。男主说，这不是洗手间的问题。女主说，希望你以后不会再遇到这种问题。男主没接话，问了句，你家里有几个洗手间？女主说，一个。男主有点意外。女主说，我们都不介意。男主说，那就很好。女主和庞丽娜几乎一样，至少她们都是这么想。

　　孩子长大后，你发现，庞丽娜待在洗手间的时间越来越长。如果不上班，她几乎有大半的时间待在洗手间。你完全无法理解这种行为。洗手间没有装空调，夏天热、冬天冷，气味也不见得芬芳，里面到底有什么值得迷恋？一开始，你并不介意，庞丽娜待在洗手间的时间也没有那么长。她在洗手间，你乐得做点自己喜欢的事情，没有人打扰。直到，庞丽娜待在洗手间的时间长到影响了你的生活，你才意识到问题的严重性。每次上洗手间，庞丽娜几乎都在里面，你得喊她出来。然后，快速解决。等你再次去洗手间，你还得重复以上动作。你问过庞丽娜，洗手间里到底有什么？你为什么老是待在洗手间？庞丽娜说，我要洗头啊，我要洗澡洗脸。除此之外，庞丽娜说自己便秘，但这其实并不是理由，她两天一次，要不了那么长时间。问得多了，庞丽娜也烦了，我在洗手间对你有什么妨碍呢？似乎没有。毕竟，每次你要去洗手间，庞丽娜都会让出来。这已经不是实用性问题，而是，你说不清楚，但感觉不愉快。晚上九点到十一点，这是雷打不动的庞丽娜时间。夏天啊，闷热的洗手间，你难以想象她是怎么熬过来的。诡异的是，在房间睡觉，如果不开空调,她会热得满头大汗,而她从洗手间出来,脸色正常,似乎她只不过在里面待了几分钟。对这个问题的好奇让你像是染上了病,你越来越难以忍受。你问过医生,这是不是某种病态?医生笑了,你这么纠结这个问题,是不是也是病态?实际上,这和你没有关系。确实没有什么关系,毕竟庞丽娜要上班,在家里的时间并不多。早晨,你还没有起床,庞丽娜已经上班了。下午,她六点到家,十一点左右睡觉,也仅仅只有五个小时。你想,可能是你自己出了问题。你想解决它。你在朋友圈问过这个问题,女人为什么那么喜欢待在洗手间?其实,这里的女人没有泛指,你说的是庞丽娜。你没想到的是不少女性朋友回复,她们也喜欢待在洗手间。还有几个女性朋友说,除开洗手间,还有什么地方能避开你们这帮臭男人和小崽子?这个答案你想过,你觉得不至于。还有一位女性朋友给你发了一条微信链接,讲的是某明星的八卦。说她对洗手间极度挑剔,她的洗手间连她的丈夫都不能进。有次,朋友去她家做客,误用了她的洗手间。等朋友走了,她花了好几万换了马桶,甚至还想重新装饰洗手间。对这条八卦,你半信半疑,如果这个明星出去拍片,那怎么办?朋友回复你,你不懂女人,这是女人最后的坚持了。如果你爱她,就把洗手间让给她吧。看到这句话,你笑了。

有天,庞丽娜对你说,她想出去旅行,一次长途旅行,旅行大约一个礼拜。你有点意外,和庞丽娜在一起这些年,你们很少出门旅行。你们结婚有些仓促,没有一起出门旅行的机会,准确地说也不是没有,而是你主动省略了那个步骤。婚后,各种杂事耽误,你们也以为以后有的是机会,不必急在一时。这一晃,十多年过去了。你们有过短途的旅行,多半在周末,偶尔也在春节,出去两三天，都是在省内打转。去的地方，也是成熟的景点或者游乐场，服务设施非常完善，除了费钱，几乎不用人操心。这些都是安全舒适的出游。当庞丽娜告诉你，她要去云贵深山，你想都没想就问，能适应吗？庞丽娜说，我想试试。你本来想问和谁一起，想想，还是没问。既然她事先没有告诉你，那就意味着，这件事和你没什么关系，你问她也没什么意思。和她结婚前，你和她说过，夫妻只是一种简单的法律关系，当然，也有着道德的约束力，但你们都是自由人，你们的心灵和肉体都是自己的，不必为彼此委屈，彼此都应留下私密空间。你不能打自己的脸。临出门，庞丽娜说，孩子我给我爸妈带，你也放空几天。你送她去候机楼，她握着你的手细细抚摸，好像抚摸着另外一个年轻人。她说，我也不知道能不能适应，别的我不怕，我就有点担心，你知道我的。晚上睡觉前，你收到了庞丽娜发给你的一篇文章。这些年，庞丽娜经常给你发一些文章，你只要看看标题就知道什么意思，那代表庞丽娜的观点，支持或者反对，她并不是想和你讨论，只是告诉你她的看法。这次，不太一样。她发给你一个故事，没有表达观点。大致的内容是有位妻子和丈夫回乡下老家，别的都还好，山水她甚至还非常喜欢。只是要上厕所时，她彻底崩溃了。那是夏季，乡下的厕所散发着难闻的味道，还有白色的蛆虫在粪坑里蠕动。一看到厕所，她就开始呕吐，吐得尿了一裤子。她住到了镇上，至少那里有相对干净的洗手间。她告诉丈夫，如果他不在乡下老家建一间干净的洗手间，她将永远不会跟他回家。评论区讨论得很热烈，有表示理解的，也有说做作的。对这些，你都不太赞成。你认为，如果能活得舒服一些，我们为什么要去受罪？而且，这种强烈的生理感受，并不是精神能够控制的。你还记得，年轻时你去过一个偏僻地区的火车站。现在想起来，你都会有梦幻感，你无法想象，为什么那个小镇上的站点聚集了那么多乞讨的残疾人。你打发了一个又一个的残疾人，然后，几乎是一个瞬间，你有种呕吐的冲动，你无法再忍受了。你冲进火车站的洗手间，刺鼻的尿臊味让你哇的一声吐了出来。吐完，你去了候车室前的小广场，直到发车的通知响起。你无法待在候车室，你会继续呕吐。看着庞丽娜发来的文章，你给她发了条微信，你还好吧？过了一会儿，庞丽娜回了信息，我在酒店，都还好。你想问问她和谁在一起，还是强忍住了。你发现，这其实有些煎熬，你没有想象的那么超脱。你的理论此时完全不能指导实践，你有好奇，甚至还有阴暗的猜测。你痛恨所谓的知识和理性，你还是不好意思直接问庞丽娜，她和谁在一起。你放下手机，去阳台抽烟。星空很好，你想起了和庞丽娜第一次见面的情景，你们彼此都没看上对方，却戏剧性地成了夫妻。

那几天，你和庞丽娜的互动比平时要多。平时，你们极少打电话、发信息。彼此的工作按部就班，生活也无波澜，更没有什么新鲜的东西。你们像菜市场的萝卜、白菜、西红柿，每天早晨，摆在相同的位置，以相同的价格向相同的人群出售，没有必要说话。人在路上，庞丽娜几乎随时向你报告她的行程。她坐的火车在云南的崇山峻岭间穿行，灰褐色的山岩和绿树挤满天空，山谷间的河道变得逼仄。有时，悬崖就在车窗外，对面的公路挂在悬崖上，像是山体粗壮的血管。你还看到了漫山遍野的野花，热烈奔放，一条杂花长卷铺陈开来，美得奢侈。只有大自然舍得这样浪费，把这样的美景收藏起来，只给偶尔路过的客人看看。有天晚上，庞丽娜给你打视频电话，信号不太好，时不时卡住。庞丽娜告诉你，她到了云贵交界的小山村，她住在朋友家里。她也许是无意中说了这句话，却让你放心。她在朋友家的院子里给你打电话。她说，今晚没有月亮，天空晴朗，偶尔有风，天上的星星太多了，她从没见过这么多的星星。她把手机对着天空，想让你看看。你的手机屏上只有几个模糊的小点，你完全无法看到她所描述的壮丽的星空。庞丽娜说，我想在这儿坐上一晚上。你想起了新疆朋友跟你讲过的星空。他们说，开车行驶在戈壁上，天黑下来，星星从地平线升起。公路两边太过宽阔寂静，就像《黄昏》里唱的一样"行驶在公路无际无边"，那种空阔让人害怕，人似乎行走在夜空中，车在前进，总让人担心它会突然掉进宇宙的黑洞之中。星星太近太多了，路太平太宽阔了。你至今无法理解这种感受，怎么会担心掉进宇宙的黑洞中去？你见过头顶的星空，你从未怀疑道路尽头还是路，新疆朋友描述的场景你无法想象。庞丽娜发了很多照片给你，各种各样。你确信她在云贵的深山之中。你思念庞丽娜，比任何时候都强烈。有时，坐在客厅看电视、刷手机，你总有种庞丽娜还在洗手间的错觉。甚至，上洗手间前，你还是会敲门。里面的安静提醒着你，庞丽娜不在家，洗手间完全是你的。你甚至可以开着门，放肆地张开双腿，你可以怪叫，你可以抽烟，没有人会批评你。你坐在马桶上，翻开庞丽娜发给你的照片。你的眼睛被一张照片吸引住，庞丽娜笑着，在她的身后，五个精壮的少数民族兄弟正在杀牛；照片的远景上，摊着一堆分解好的牛肉，血红刺目。透过照片，你似乎能闻到血腥气。庞丽娜的笑感染了你，你忍不住亲了一下她的嘴。她的嘴巴，和牛肉一样红。在云贵高原的深山中，在灰黑色的少数民族兄弟中，庞丽娜的那点红，像是骄傲的火焰。

　　庞丽娜回来那天，你想去机场接她。庞丽娜说，不用那么麻烦，我坐大巴回来，你到候机楼接我就好了。你站在外面等庞丽娜，抽了根烟，有点热，不过已经过了最热的那阵。机场大巴从你面前绕进车站，你掐灭了烟。过了一会儿，你看见庞丽娜走了出来，你赶紧迎了过去。走到你面前，庞丽娜放下行李箱。你没有接行李箱，而是紧紧地抱住了庞丽娜，像是抱着一个失而复得的孩子。你抱得很紧，庞丽娜有点透不过气来，她任由你抱着。等你松开庞丽娜，眼睛里有点发酸。你发现，这些天，你一天都没有放下，潜在的紧张和威胁感压迫着你。庞丽娜坐在副驾的位置上，你一只手开车，一只手放在庞丽娜的腿上。她黑了点，也精神了一些。知道庞丽娜要回来，你却没有去接孩子。到家，洗完澡，吃过东西，庞丽娜恢复了原本的样子。她坐在客厅的沙发上，腿放在你的腿上。要是以前，你会把她的腿推开。那天，你没有，相反，你细细抚摸着她的腿，手慢慢向上延伸。庞丽娜没有阻止你，她躺了下来。等她再次坐起来，她问，你为什么不问我和谁一起旅行？你正想说点什么，比如各自的私密空间，分寸感、界限感，等等。你知道那都是些虚伪的废话，可不说这些，你也不知道能说什么。庞丽娜说，你不要和我讲那些正确的废话，我想知道真正的原因。想了想，你说，我害怕。庞丽娜问，害怕什么？你说，害怕我的猜测是真的。庞丽娜又问，什么猜测？你没有说话。庞丽娜往你身边挪了挪，你担心我和别的男人一起？你还是没有说话。庞丽娜突然笑了起来，我简直无法理解你这种古怪的心理，如果你真担心我和别的男人在一起，那你这些天是怎么度过的？你怎么能忍得住？太虚伪了，我一点也不想要这种虚伪的所谓尊重和分寸感。你知道她说得对。庞丽娜托起你的下巴说，如果你确实这么想，说明你不仅仅虚伪，也从来没有爱过我。甚至，你不仅没有尊重我，你还侮辱了我。你想说不是这样，你无法开口。庞丽娜站起身说，你信不信，其实我一点也不讲究。在贵州，我和当地的女子一样蹲在地上拉屎拉尿，我没有任何不适。而且，我很少待在洗手间，我根本没空待在洗手间。那么美好的星空，我为什么不去看看？庞丽娜说，这不是我的问题。庞丽娜进了洗手间，过了一会儿，你听到洗手间传来抽泣。你不想去敲门。

后来，你搜索过一个问题"女人为什么喜欢待在洗手间"。你这才发现，这不是你一个人的困惑，很多男人都为此感到困惑。你几乎看了所有的回答，有从科学角度进行解释的，比如女性的生理机制，你认为这并不是核心问题；还有从清洁、美容等角度进行解释的，你承认这有些道理。真正让你产生触动的是一个女人的自述，她说"当了妈，终于理解了我们女人为什么这么喜欢上洗手间"。那篇文章的核心论点只有一个，也是你熟悉的，"因为洗手间就是家庭的避难所啊"。你厌倦过你庸常的生活，你也厌倦过庞丽娜，就像庞丽娜也厌倦过你。庞丽娜去云贵旅行归来，大约一个月后，她告诉你，那是她们闺密团最后一次集体旅行。大学毕业前，她们曾经有过约定，每年一起旅行一次。她们确实坚持了几年，三年还是四年。很快，她们发现她们难以成团，不过是个四个人的小团队，她们都难以凑好时间，尤其是婚后。几年不成团后，她们决定，无论如何，这次一定要成团，说不好这是她们最后一次一起旅行了。庞丽娜说，那次旅行像是一个葬礼，我埋葬了我的青春和过往。庞丽娜在上海念的大学，毕业后她回到了从小生活的城市，和一个外地来的男人结了婚。那个男人是你。你想过对庞丽娜说抱歉，虚无感和羞耻感让你无法开口。你在大醉后的某个夜晚，拉着庞丽娜说了很多的话，说了什么，你都忘记了。你没有去问庞丽娜，她也没有告诉你。你们像昨天一样起床刷牙洗脸。庞丽娜比你起得早,你总是在她上班后再起床。庞丽娜依然喜欢待在洗手间,你习惯了。就像习惯了女儿,她一天天长大,但你觉得她毫无变化。在熟视无睹的变化中,她长大了,而你老了,你沉默着接受了世间所有不可解释的谜团。

# 厨房中的契诃夫

有些事情，即使不是自作自受，也算是冤有头债有主。比如说我们这个故事的主角，曾经牛高马大、雄心勃勃，如今谨小慎微、顾影自怜的赵刚烈。十年前，乃至此前很多年，赵刚烈一直在一家旱涝保收、养尊处优的单位工作。很多年前，赵刚烈大学毕业，他读的那所大学，不要说在北京、上海、武汉、西安那些教育强市排不上号，就算在教育资源相当一般的贵阳，数完前十名，也不一定能数到他们学校。这么一所破大学，按说毕业之后肯定前途暗淡，能混口饭吃，那都是老天爷赏脸。赵刚烈一毕业，去了那家知名不具的单位，同学们都炸锅了，凭什么？不凭什么，他有个好爹。知道赵刚烈读不进书，他爸和他说，算我求你，无论如何读个本科，不管什么学校，只要能读个本科就行。没有本科那块敲门砖，我也没有办法。这话，赵刚烈听进去了。混归混，赵刚烈知道自己没甚本事，还是要靠家里吃饭的。毕业那年，他爸凭着一张老脸，也费尽九牛二虎之力，终于如愿以偿地把赵刚烈塞进了他工作了一辈子的单位。那个单位的好，只有干过的才知道。赵刚烈大学刚毕业，本事没有，热情还是有的。他想做一番事业，图个表现。让他意外的是，单位并不需要这些，他只需要按部就班混日子就行了。唯一需要表现的是每年的春节晚会，单位也组织节目。这个时候，工会便积极起来，一改拖沓的工作作风，到各个科室号召大家出节目。偏偏凑巧，这个方面赵刚烈不擅长，他唱歌走调，跳舞像个原始机器人，更毫无演小品、相声的幽默感。他生气，也没有办法。每年单位春晚，他坐在台下鼓掌，内心充满深深的忧愁，他想站在台上。在惆怅和日复一日的重复中，赵刚烈谈了个不咸不淡的恋爱，结了个热闹喜庆的婚，有了个拖着鼻涕的小崽子。他爸早退休了，天天帮他带孩子。对赵刚烈的状况，他非常满意。这么个不成器的儿子，还是让他调教出来了，天知道他费了多少心血。他这一生算是平安着陆了，赵刚烈也有着一眼可见的未来。这种安稳，多少人求之而不得。他做到了，他也帮他儿子做到了，不得不骄傲。出去喝早茶，和周围的老头儿谈起，也是招人羡慕的。这点安稳来之不易。把赵刚烈塞进单位，不说拿命换，也花了不少东西。赵刚烈进单位那天，他爸喝得大醉，又哭又笑，像是疯了。莫名地让赵刚烈想起范进中举。他想给他爸一个耳刮子，又不敢。心里一想，也笑起来了。

收入不错，有钱有闲，工作上实在没什么需要费心的，同事们都培养了一些业余爱好，以打发漫长无聊的时光。在一潭死水的办公室，大家有着标准一致的呆板面孔，活像一个个人偶娃娃。赵刚烈记得他去报到的场景，人事科带着他去了办公室，简单的介绍之后，他坐到了他的办公桌上。他像一块石头，被人扔在了海滩上，空气像海水一样一遍遍地冲刷着海滩，他能感受到空气的湿度。海滩太大了，海水的节奏如此单一，他感到害怕。办公室的沉寂让赵刚烈无所适从，他不知道他该干点什么好。那种忐忑不安，一直持续了一个月。然后，他变成心安理得。他问他爸他该干点什么，他爸说，安排你干什么，你就干什么，没安排就什么都不干。下班没事，多和同事交流交流，喝个酒、吃个饭、打个球，都行。吃饭喝酒，这个赵刚烈擅长。他也发现，只要下班铃一响，全公司的机器人立马变成有血有肉的当代智人。也是在饭局上，赵刚烈才知道，公司人才济济，"985"大学的硕士好几个，还来过一个博士，干了没半年，辞职走了。至于本科，在行政部门那是起点线，他读的那所大学，实在拿不出手。坐在他前面的那个小姑娘，是法国名校海归。没想到啊，没想到，这都是些高能机器人。更让他没想到的是，不少同事都有隐藏的绝活儿。他怎么能想到，老方周末还兼做高空跳伞教练，不为挣钱，就图好玩儿。特种兵出身的老方，有次高空跳伞，伞没打开，凭着过人的胆识和运气，他只在医院躺了两个月就出院了，除开几处骨折，几无大碍。姚处最大的爱好是养鱼，每天下班，他必蹲在鱼缸前，他熟悉全世界所有热带鱼的习性。再说得夸张点儿，只要长得像鱼的动物，没有他叫不出名字的。陈科每天早晨五点起床，去海边湿地观鸟。据说，他多次拍到首次抵达本地的珍稀候鸟。在国内观鸟界，提起陈科的名字，不说无人不知、无人不晓，至少也是大名鼎鼎、如雷贯耳。单位还有两位网络作家，名气没那么大，也进入白金级了。同事们语重心长地对他说，不做无聊之事，何遣有涯之生？他心里一惊，也是。如果不找点寄托，三年坐下来，正常人也该变傻了，有点惦记就不一样了。他问，我干点什么好？同事说，这个你自己想，根据自己的兴趣来，兴趣才是最好的老师。赵刚烈原本没什么兴趣，但不得不培养一个兴趣。他问他爸，你有什么兴趣？他爸说，我有什么兴趣你不知道？赵刚烈哦了一声，他知道，他爸爱钓鱼。他把从小到大的爱好想了一遍，书法？不行。他那狗爪子字，自己看着都恶心。

书法不行，画画也就算了。体育类也不行，打小他体育就没及格过。运动能力最强时，引体向上他也只能勉强做三个。钓鱼看起来太傻了，坐在水边一动不动，半天没条鱼咬钩，也不知道有个什么意思，简直比足球还无聊。音乐、舞蹈前面已经说过了，他是绝缘体。这么一筛选下来，可供选择的就不多了。想了很久，赵刚烈决定当作家。赵刚烈想起来，读大学时，他在校报上发过两篇文章，一篇散文，一篇小小说。他不爱学习，闲书倒是读了不少，说不定适合当个作家。一想到这个，赵刚烈激动起来，他这么有闲的工作，不正适合当作家吗？想好了，那就干吧，干他个轰轰烈烈，干他个天翻地覆。

就是这个想法把他给害了。时光飞逝如电，一转眼到了十年前。那时，赵刚烈已不再是初生牛犊，而是城府颇深的老油条。在单位，他成了著名的风流才子。单位还有个副局长，姓姜，黑龙江人，高大苗条，见人一脸笑。这就罢了，她还漂亮。还不是流行通俗的那种漂亮，漂亮得有气质。很多人对姜局想入非非，但想归想，没人敢对她毛手毛脚，或者开口调戏。她漂亮性感，可漂亮性感得正气凛然，让人不好意思有非分之想。那种漂亮，相信每个人都见过。赵刚烈喝多酒时扬言要追到她。大家都笑，没当个事儿。进单位几年，赵刚烈混出了名气，他真的成了作家，还出了两本书。那两本书，真是他写的，不少篇目还在报纸杂志上发表过，绝无粘贴复制的嫌疑。在当地，他也算是名人了。有了这层外衣，赵刚烈在单位混得自如了些，偶尔做点过头的事，也没人跟他计较，艺术家嘛，风流倜傥、潇洒放浪那不是应该的嘛。

在中秋节前两天，单位照例聚餐。各局长和中层主管领导坐一桌，各中层副职和本科室同事坐一桌。赵刚烈连中层都算不上，自然不能和局长们坐一桌。可按照习惯,局长要给各个桌子敬酒。敬到赵刚烈他们那张桌子,由于喝了点酒,姜局的脸微微红,更漂亮了。那天,姜局穿了包臀的裙子,腰一下子细了,身材更加诱人。那会儿,赵刚烈已经喝了不少,他望着姜局说,姜局,你是我见过的,最漂亮的局长。这话不算拍马屁。姜局不到四十,却已做到副局长,不说行业系统,就算在全市,这么年轻、这么漂亮的局长确实也是绝无仅有。姜局笑了笑,谢谢,我争取保持到一百岁,不负赵作家的期待。话说完,大家都笑了。等姜局走到别的桌子,赵刚烈望着姜局的背影说,太漂亮了,我真想拍拍她的屁股。他这话一落,周围的人都开始起哄。起哄归起哄,都赌赵刚烈不敢,领导和普通同事毕竟不一样。没想到赵刚烈腾地一下站了起来,摇摇晃晃地朝姜局走了过去。走到姜局旁边,姜局正给人敬酒,背对着他。赵刚烈似乎犹豫了一下,接着,啪的一掌拍到姜局的臀上。姜局正在敬酒,这一巴掌把她打蒙了。她叫了一声,转过身,看到赵刚烈,表情复杂。边上的局领导吼了一声,赵刚烈,你想干什么?赵刚烈也愣在了那里,四周一下子安静下来。只见姜局收拾了下表情,还是微微笑着说了句,小赵,你觉得有意思吗?大庭广众的,有什么事儿咱们不能私聊?说罢,举起酒杯,继续敬酒,把赵刚烈一个人晾在那里。

等第二天彻底醒过酒,赵刚烈感到羞耻。这么多年,他第一次感到羞耻。那天早上,赵刚烈坐在阳台上,连抽了三根烟。老婆何美宣出来晾衣服,见赵刚烈坐那儿抽烟,骂道,一大早发什么神经?脸没洗牙没刷跑出来抽烟。赵刚烈没理睬何美宣。结婚六年,他们关系虽然依然甜蜜,交流的深度却是有限的,无外柴米油盐、吃喝玩乐。何美宣做老师,总喜欢把赵刚烈当学生批评。赵刚烈倒也习惯了，反正他从来不是个好学生，何美宣对他也没有办法。总体上，他们的日子过得还算融洽。用何美宣的话说，一旦日子变得具体，那么一切都难以变得深刻。她说，我这辈子只求吃喝不愁、无病无灾，别的，就算了。何美宣谈过一场伤筋动骨的恋爱，这事儿，赵刚烈知道，也不在意。甚至，他为此感到庆幸。一个女人，一旦谈过一场伤筋动骨的恋爱，她会变得随和、淡然，不会有太多苛求和奢望。两人谈恋爱时，何美宣明确宣告，我当然也是喜欢你的，不然也不会和你谈恋爱，我不靠男人吃饭。不过，我可能也给不了你所谓爱的激情，我给不了。我能保证，你这辈子不会戴绿帽子，我会是个贤惠的妻子，我们将会过上平静的生活。事实也是如此，两人的婚后生活，过得平静自然。何美宣偶尔像是在想事，赵刚烈也不问。他也会想事，何美宣也不问。工作安稳平静，生活安稳平静，赵刚烈在安稳平静中迎来了他的羞耻。他回想了他这些年的工作，几乎什么都没有做。他的薪水不低，甚至可以说相当高。他没有任何工作的成就感，这份工作也几乎不用他动任何脑力。姜局的淡定让他感到羞耻，正是这点淡定，粉碎了他所有的侥幸和逃避，他没有办法再装下去了。即使他是个浑蛋，即使他无能，他也无法再忍受了。等何美宣上班了，赵刚烈打电话请了个假，再去刷牙洗脸，顺便洗了个澡。洗完澡出来，擦干身，他的神志彻底清醒了。他回想了一下昨晚的画面，羞耻啊羞耻！赵刚烈拿出手机，找到姜局的名字，字斟句酌地写了几句话。他反反复复看着那几句话，始终没有勇气按下发送。如此反复多次，他删了那几行字。说什么都显得愚蠢，那就干脆不说了。他想起了某酒友的一句话，不必为酒后做的任何事情感到羞耻，如果不能克服这种软弱的情绪，那就不要喝酒了。这到底是不是一种软弱的情绪？赵刚烈有点迷惘。一度，他认为那是软弱。谁还没有喝醉的时候，谁还没有痛哭流涕的时刻？这没什么好羞耻的。但是，这何尝不是勇敢？终于承认了生活的虚伪和自身的堕落。这一天，赵刚烈都在纠结中度过。快到下班时间，赵刚烈接到了一个电话，约他吃饭。赵刚烈说，不去了吧，昨天喝多了。同事说，来吧，反正也不在乎多醉一天。赵刚烈去了，他喝得烂醉如泥。据送他回来的同事讲，他又哭又闹。这些，赵刚烈一点也不记得了。他只记得，餐厅旁边似乎有个水塘，水塘里有一枚又大又圆的月亮。他从月亮中看到了他的童年。那时，他是一个可爱的小男孩，有一双明亮的大眼睛，热爱露水和天空中的小鸟，还没有学会成长，也未曾认识人心的险恶。

赵刚烈想辞职，他不想再干了。再干下去，他会成为一个什么东西？他不敢想象。他对何美宣说，你觉得我们那个单位有什么意思？何美宣还没意识到赵刚烈话里的意思，笑了起来说，赵刚烈，不是我鄙视你们单位，你们除了挣点儿钱，对社会没有任何贡献。你说，你们干了什么正经事儿？赵刚烈点了点头说，你说得对。何美宣继续说，我们做老师的，水平高低不说，对社会总算有点贡献，百利而无一害。我不敢说老师是天底下最光明的职业，它至少还有点意义。赵刚烈说，我也厌倦了我这份无聊的工作。话说到这儿，何美宣听出点意思来了。她问，你想干什么？赵刚烈说，我不想干了。何美宣看了看赵刚烈，好好的怎么突然不想干了？赵刚烈说，像你说的一样，这份工作没有任何意义，我找不到一点成就感。这么些年，一事无成，像只蛀虫。何美宣叹了口气说，其实谁不是这样呢？大多数人都是浑浑噩噩过一生，哪有什么意义可言？你那份工作，有钱有闲的，多少人羡慕。就说我，要是我能和你换一下，我倒是愿意。现在的老师，太不好当了，事情多不说，整天担惊受怕的，生怕出什么问题。孩了的事，小事也是人事。小高你记得吧？你说很漂亮的那个，前段时间被学生家长告了，说她体罚学生。小高年轻，有时候脾气压不住，更多时候图好玩儿。她说，我哪里是体罚，我不是闹着好玩儿嘛，我就弹了那孩子几下脸。这冤屈，没地方讲。你呀，少想点儿，混日子多好。赵刚烈说，你这说的，都不像一个人民教师了，这点觉悟，怎么教得好孩子？何美宣说，孩子和我们不一样，小朋友要有远大理想，我们成年人要现实点儿。赵刚烈说，就一定得这么惨？我就得这么一眼望到头，坐吃等死？就得死于三十岁，葬于八十岁？见赵刚烈情绪激动了，何美宣说，我懒得和你争。你真想辞职了？赵刚烈说，是。何美宣说，那你会干什么？辞职了你总得挣钱养家糊口吧？我一个人可养不起一大家子。赵刚烈说，天无绝人之路。何美宣说，要是真的天无绝人之路，那就天下太平了，那么多走上绝路的，也没见老天爷可怜。何美宣剥了一个橘子，分了一半给赵刚烈道，你想辞职，总有个理由吧？赵刚烈说，我刚才不是说了嘛。何美宣往嘴里塞了一片橘子说，老赵啊，你不诚实啊。赵刚烈说，我怎么不诚实了？何美宣笑了起来，你是不好意思了吧？赵刚烈说，我怎么不好意思了？何美宣笑得更厉害了，我知道你拍了姜局的屁股。赵刚烈脸一下子红了，你听谁说的？何美宣说，这么大的新闻，我怎么可能不知道？她拍了拍赵刚烈的大腿又说，拍就拍了，不用不好意思，姜局又不是什么小姑娘。就算是小姑娘，你们公司的小姑娘你不也都拍过嘛。赵刚烈恼羞成怒，你给老子闭嘴，说什么呢！何美宣说，我还没介意呢，你激动什么？又给赵刚烈塞了两瓣橘子说，我也不是小气的人，知道你也就是闹着玩儿，大的心思你也不敢动。赵刚烈哭笑不得说，何美宣，老子怎么感觉跟你说不清楚呢？这是一回事儿吗？我说的是成就感和意义，那和拍屁股有什么关系？何美宣站起身说，你辞不辞职我不管，我只要能生活就行。丑话说在前头，我不求生活质量提高，总不能下降吧？想了几天，赵刚烈对他爸说想辞职。他爸说，你和美宣商量过了？赵刚烈说，她没意见。他爸说，你走，你赶紧走，我血压高，受不了刺激。他爸指着门口说，你出去。从屋里出来，赵刚烈松了口气。他爸老了，管不了他了。他想起何美宣的话，他有什么本事，会干什么？工作可以辞掉，生活不能。只要他活一天，他就得支付一张张的账单。赵刚烈踢了踢地上的小石子，去×妈的，先辞了再说吧。

辞职手续办得异常顺利，顺利得像是去车站买一张车票。人事科象征性地和他谈了一次话，问为什么想辞职，对单位有什么意见，是不是工作中遇到了什么问题。赵刚烈说，都不是，我找不到意义，我不能获得职业荣誉感，更不要说成就感了。人事科长递了根烟给赵刚烈，说，你还真是个作家，太任性了。赵刚烈和人事科长没什么私交，普普通通的同事关系。大约是见人要走了，彼此放下了戒备，话语间多了些理解。人事科长说，我是不敢辞职，这辈子怕是要交代给这里了。你不一样，有本事的人去哪里都一样。这份工就像一根鸡肋，食之无味弃之可惜。总之，祝你前程似锦、步步高升。直到收拾办公桌那天，赵刚烈都有一种强烈的梦幻感。他在这里工作了这么多年，离开时竟然如此轻飘飘，除了两个水杯，他没有任何需要带走的东西。他看了看电脑，他这些年的工作，不过是几个文件夹。荒唐啊荒唐，他的青春和热血，不过是几叠打印纸。照例，科室聚餐给他送别。那是一场大酒，他们先后去了三个场子。第一场吃饭，第二场唱歌，第三场消夜。每一场，都是酒精的盛宴。那天，赵刚烈喝了白酒、红酒、啤酒，还有三杯鸡尾酒。

坐在消夜摊上，他吃不下也喝不下了，两只眼睛干涩鼓胀。已是凌晨两点，消夜摊上人也不多，桌子上只有五个人，散一场少两个。这时候剩下的，都是铁杆的酒友。有同事问，老赵，你和我们说句实话，为什么要辞职？是找到好地方了，还是有别的想法？赵刚烈瞪着眼睛说，我要说没有，你们信吗？赵刚烈叫了一碗咸猪骨粥，喝了一口，他的口腔终于有了点正常的味道。关于那晚的记忆，到此为止。他喝了两口粥，后面的一切他都不记得了，他再一次断片了。第二天醒来，他头疼得厉害。阳光照在床上，温暖舒适。他闻到他身上浓重的酒气，那气味让人恶心，像是经过一晚上的发酵，他长成了一条巨大的臭虫。他喉咙发干，在洗手间漱完口，又抹了把脸，坐在了客厅的沙发上。他的肚子还在激烈地运动，他的胃部还在抽搐，想吐又吐不出来。这种感觉，很久没有了。这是他正式辞职的第一天。阳光很好，他瘫在沙发上，像一条死蛇。几天之后，同事帮他补充了他失去的记忆。他喝完粥，先是给他们唱歌，从《姐姐》唱到《钟鼓楼》，又从《钟鼓楼》唱到《忧伤的老板》。同事说，也不知道你唱的什么破玩意儿，你倒是把自己给唱哭了。唱完歌，他拿手机搜出鲁迅的《奔月》，硬生生给他们读了一篇小说。牛啊老赵，牛啊，老子从来没见过那么神经的人，你确实应该辞职，你不适合待在那个毫无生机、死气沉沉的单位，牛啊老赵。赵刚烈看着阳台的花草，只想那一天快点过去，好让他的生理机能恢复正常运转。他需要一个清醒的脑子，他想和何美宣睡一觉。

　　头两个月，赵刚烈哪儿都没去，就在家里闲着。早上起来，孩子上学了，何美宣早早去了学校。家里安静，适合读书写作。赵刚烈不想，他愿意窝在沙发上看电视。他刚刚从工作中解脱出来，为什么要急着工作？尽管，他原本那份工作也没有劳动强度可言，但毕竟，那也是工作。他得坐在电脑前面，做一个肉身菩萨。他想彻底休息一下。那种日复一日的无聊工作，他干了近十年，休息一下算不得罪过。对此，何美宣也没意见。她说，既然辞职了，也别急着做什么决定，先想想自己到底想干什么、能干什么，要做好规划。你还年轻，离退休还远着呢，将来老的老、小的小，要操的心还多着呢，你可不能躺平了。何美宣说这些话时，好像赵刚烈只是个刚毕业的大学生，她对他负有极大的责任。那两个月，算是赵刚烈回想起来最美好的两个月。他真的什么都没干，整天躺在沙发上看电视。他把他所有想看而没看的电影都看了一遍。每天傍晚，等何美宣回来，他从沙发上站起来，腰都躺酸了。那两个月，赵刚烈整整胖了十斤。他和何美宣的性生活变得频繁。真是饱暖思淫欲啊，你啊，就是太闲了，再这样下去，你受得了我可受不了，赵刚烈，你给我轻点儿。何美宣叫了起来。两个月后，赵刚烈从沙发上抽身出来。他得想想，他要干点什么，不能一直躺着。如果一直躺着，他没有辞职的必要。那两个月，除开躺在沙发上看电影，他也读了几本书。比如，他重新读了托翁的《复活》，他计划把《战争与和平》《安娜·卡列尼娜》再读一遍。以前，他翻阅过，真的是翻阅，书太厚了，描写又太琐碎，他读得不耐烦，又不得不翻一遍。作为一个写作者，这种书不翻一翻，有点说不过去。这次重读，他读得慢，也不着急，那种好就出来了。他还买了全套的陀思妥耶夫斯基和契诃夫。陀氏他想晚点再读，毕竟那种大骨头不太好啃。契诃夫相对简短一些，读起来没那么费劲。《契诃夫小说全集》，一套十本摆在书架上，那深沉的灰蓝色封面，让赵刚烈产生膜拜和敬畏。他觉得自己永远不会成为那么好的作家，他只想成为一个能够养家糊口的写手。这实在不是一个小目标，太难了。他出过两本书，都是自费出版。虽然他偶尔发表文章，拿过一点稿费，但对生活来说，那点稿费实在微不足道。赵刚烈请教过公司里的两位网络作家，好歹也是白金级，挣点钱过日子应该没问题的。当他知道，每天至少要更五千字时，他放弃了那个想法。他做不到，他也没么爱写作。更何况，他认为那不是写作，那真的就是码字，一种不人道的苦役。赵刚烈对何美宣说，给我两年时间，如果我不能成为一个职业作家，我就好好挣钱过日子，不折腾了。何美宣答应了，她说，趁现在家里花费不大，我给你两年时间，成了你幸，不成你命，怪不得我了。

　　那两年，对赵刚烈来说，是仅次于辞职后头两个月的美好时光。其实，不用两年，大半年之后，赵刚烈就清楚地意识到，他绝无成为职业作家的可能。除开天赋，他还缺少激情。在单位里待了那么多年，他已经被体制化了。思维的局限性倒是其次的，他发现他已经不愿意尝试新事物了。他越来越像一只蜗牛，缓慢地蠕动，把房子背在身上，任何一点小动静，都会吓到他。更要命的是以前养尊处优的生活，让他高不成低不就，看不上那点小钱了。比如，他看到付费网课，讲的那点东西，他觉得他也能讲。真要让他讲，他又嫌麻烦，挣不了几个钱，搞那么麻烦干什么。在持续的疲软之中，赵刚烈终于败下阵来。那两年，赵刚烈发表过几篇小说，也写了一部长篇。那都是些什么东西，与其说是为了说服何美宣，不如说写给自己看的。他发现，他越来越自欺欺人，而这种状态并不能持久。由于长期在家，赵刚烈自然而然地承担起了部分家务。比如，买菜做饭，收衣叠被，浇水打扫，各种杂乱的小事儿。这种消磨很快打败了赵刚烈，他变得郁郁寡欢，也不喜欢说话。对赵刚烈的状况，何美宣有点担心，她对赵刚烈说，要不，你出去玩一下吧，找朋友们喝点酒。赵刚烈说，那也没什么意思。何美宣说，那你要怎么有意思呢？赵刚烈说，我不知道。何美宣说，这会儿你可别说你不知道，你得有个主意。赵刚烈说，我是不是做错了？何美宣说，这会儿不讨论对错，它没有意义。你也回不了头，你得往前看，往前走。赵刚烈说，我看不到路了。何美宣说，那你也得走出来。赵刚烈说，你会不会看不起我？何美宣说，要看不起早看不起了，还等到今天？我跟你说，咱们都不是什么有能力的人，咱们就是鸡犬一般的小老百姓。我不是要你踏实，我也没资格说那个话，只要能像周围的人一样安安稳稳地活着，我就够了。我也没什么奢望，有吃有喝，基本生活不愁就行了。这个，不难吧？赵刚烈说，不难。何美宣说，不难就行。你要记得，你毕竟是个男的，家里还得你撑着。赵刚烈说，好。说是不难，其实有点难了。他这个年龄，再回到体制不可能了；创业，他还没那个本钱；再去找一份工作，他也干不来了；要讨个生活，不容易。赵刚烈有点后悔，他为什么不在那个旱涝保收的单位混到死？虽然无聊无意义，但确实不必为生活感到焦虑。两年时间还没有到，留给他的时间不多了。赵刚烈不能再去找他爸。首先，他爸老了，真的帮不上什么忙了。再且，他辞职后，他爸不和他说话了，每天接送孩子，也只和孩子说话，见到赵刚烈，像是没看见一样。过年过节一起吃饭，虽然坐在一张桌子上，彼此都当空气。何美宣说，你爸气性也真大。赵刚烈说，我把他一辈子的信念都毁了，不怪他。他也不肯向他爸认错，只要他一认错，那他的信念也塌了，那不行。那两年，第一年赵刚烈没有焦虑，他过得还算舒服。第二年，他开始焦虑，也还过得去。后面几年，他懒得想这些问题了。

厨房中的契诃夫

　　十年后的今天，赵刚烈又过上了规律的生活。中间几年，赵刚烈干过各种奇怪的工作，或者说杂事儿。他跟过一位股票大师。据说，大师以炒股为业，家财万贯。赵刚烈请大师吃了数不清的饭，大师也手把手地教他。等他把手头的钱亏完，大师说，你悟性不行，吃不了这碗饭，干点别的去吧。赵刚烈舍大师而去。很快，赵刚烈卖起了酒，酒没卖多少，为了搞关系，倒是喝了不少。最后一算，忙前忙后，不赚不亏。他还和朋友一起养过虾，当年赚了点钱。第二年，碰到春冻，又亏进去了。类似的事情，赵刚烈做了不少，说没赚钱，也不对，过手的钱还是有的，只是没存下来。每次清盘，何美宣都会忍不住说一句，也不知道折腾个啥。说完，还是鼓励赵刚烈找点事情干，不折腾，更要命。后来，还是电视台的一位朋友把赵刚烈拉上了岸。他说，老赵，我们合伙吧，搞搞培训。他们开了家培训学校，主要培训唱歌舞蹈、形体礼仪、主持演讲之类的。赵刚烈负责写作阅读。这件事儿倒是顺利，转眼几年了，赵刚烈也成了地方上有名的阅读培训专家，时不时上个电视。这份工作，赵刚烈说不上喜不喜欢，不好不坏吧。培训课多在晚上，还有周末。每天上午，如果没有其他的杂事儿，赵刚烈都在家里，看看书，买买菜。这对他来说，已然很好。到了下午，何美宣快下班了，赵刚烈开始洗菜做饭。现在，他对这个已经不再厌倦。相反，在厨房的烟火气中，拿起一本契诃夫，有种美妙的快感。他常常在鸡汤的香气中朗读"一件东西从涅丽的手里掉下来，当的一声落在地板上。她全身一震，跳起来，睁大眼睛。她看见一面镜子躺在她脚边，另一面镜子照原先那样立在桌子上。她照了照镜子，看见一张苍白的和泪痕斑斑的脸。那灰色的背景不见了。'我刚才大概睡着了……'她想，轻松地吐出一口气"。放下书，偶尔，他会想起他辞职前最后一次见到姜局的场景。在姜局的办公室里，那张漂亮的脸望着他说，小赵，你为什么要辞职，是不是有什么心理包袱？赵刚烈说，没有。姜局像往常一样微笑着说，同事之间开个玩笑无伤大雅，不必放在心上。工作和生活是很严肃的事情，客观说，我们单位待遇还是可以的，你再考虑考虑。你要是改变想法了，我去做点工作，把你的辞职报告拿回来。赵刚烈说，不必了，真的，谢谢姜局。出办公室前，赵刚烈张开手臂，示意姜局抱一下。姜局犹豫了一下，还是抱了。他闻到姜局头发的味道，很淡的香气。他在姜局的耳朵边上说，你让我想起了契诃夫。

## 黑暗中的星

父亲去世后，夏侯聪决定回国。这个决定对夏侯聪来说没有任何难度，也没什么好纠结的。他早就想好了。来美国快二十年，生活习惯上，他早就成了美国人，米饭吃得少了。他很少去中餐馆，那些甜腻而变味的中餐让他难以接受。然而，每次接待国内来访的科学家，他都会带他们去中餐馆。这些科学家，虽然几乎都有留欧留美的经历，却有着倔强的中国胃。中餐馆的菜品少得可怜，最著名的左宗棠鸡也让人难以下咽。即便如此，来访的科学家依然吃得津津有味。夏侯聪只是偶尔动动筷子，礼貌性地。他决定回国，身边的朋友有些意外。在华人科学家圈，大家都知道，夏侯聪可能是最适应美国生活的，而且他也获得了诺梅塞林实验室终身研究员的职位。这个职位，即便是美国本土科学家也望而却步，太难了。

诺梅塞林实验室的社会知名度并不高，很少出现在公众视野。但在专业领域，诺梅塞林实验室可以说是神一般的存在，全世界最好的一批生物遗传学家都在这里。这个位于南加州的实验室，掩蔽在绿树之中，被森林和湖泊包围，从外观上看，像是公园中的展览馆，或者私家园林中的别墅。夏侯聪在这儿工作了十一年，从一个年轻的科研人员，成长为具有一定国际声望的生物遗传学家。说到他的专业，举一个例子比较容易理解，著名的克隆羊多莉。1996年7

月5日,英国科学家伊恩·威尔穆特博士成功克隆出一只雌性小羊,取名"多莉"。这是世界上第一只由人类成功克隆出来的动物,它的出现震惊了世界,引起了一系列的论争。多莉当然象征着科学的胜利,同时也引起了神学、伦理学上的争议,它是科学的,但它是不是道德的?无性繁殖对人类而言到底意味着什么?有一天,人类是不是也可以克隆人类?那么,克隆人到底有无人权?显然,这些论争难以取得共识。对夏侯聪来说,这些争论毫无意义,从技术上讲,克隆人不存在任何技术障碍,观念才是唯一的问题。人类总会冒险,最好的科学家往往是疯狂的,他们用他们超越性的大脑,构造了新的世界。这个新的世界包括新的材料、新的生态、新的社会关系,更重要的是新的观念。多莉之后,人类克隆出了更多的动物。仅在诺梅塞林实验室,他们克隆出了猪、马、牛、兔,还有一只鸽子、一条蛇和三只甲壳虫。夏侯聪甚至觉得,随着科技的发展,人类有可能克隆出一个崭新的星球。只是,在舆论的压力之下,他们的研究很少再对外公开,采取了严格的保密措施。

　　回国之前,夏侯聪去了趟普林斯顿,和他的博士生导师麦克教授喝了个下午茶。对夏侯聪回国这件事,麦克教授倒也没有多说,只是觉得有点可惜,如果继续留在诺梅塞林实验室,夏侯聪的学术前途可能会更好一些。麦克问,回国之后,你准备干什么?夏侯聪说,还是做学术。两个月前,夏侯聪收到了北京大学生命科学学院的邀请。这只是一个触点,重要的是他父亲去世了,他已经没有在美国继续待下去的必要。他所惶恐的一切,都已消散。父亲生前在国内一所重点大学担任哲学教授,有着丰富而矛盾的内心。对他而言,任何人文社科领域的理论都不值得信任,唯有数学和自然科学的公式具有恒定性,值得绝对的信赖。夏侯聪本科就读于国内一所普通大学，这让父亲非常失望。等夏侯聪到普林斯顿大学念博士，父亲才微微露出满意之色。到美国之后，夏侯聪很少和父亲联系。偶尔打个电话，也是匆匆几句，他们之间除开礼貌性的招呼，无话可说。和夏侯聪聊了一会儿，麦克教授放下茶杯说，夏，你知道吗？你进实验室不久，我就意识到，你对生物遗传学并没有什么兴趣，你更适合去做哲学家。夏侯聪说，我对哲学一无所知，相反，对生命有些兴趣。麦克笑了起来，这本身就是一个哲学问题。喝完茶，夏侯聪谢绝了麦克教授一起吃晚餐的建议，他想在校园里散会儿步。以后，他可能不会再来这儿了。他想到了约翰·纳什，他最喜欢的数学家，也是他的校友。在他看来，纳什均衡具有充分的美感。来美国之前，他和当时的女朋友一起看过《美丽心灵》。那是一间破落的录像厅，里面充斥着复杂而暧昧的味道。他和女朋友坐在小小的包厢里，互相探索着彼此的身体。嘴唇、手和隐秘的部位，热气腾腾，青春的欲望和方便面的气味交织在一起，二人浑身散发出浓烈的荷尔蒙气息。等他们的身体松弛下来，他看到了一个精神分裂的天才数学家，纳什慌张、软弱的样子打动了他，他也牢牢记住了纳什均衡。夏侯聪问女朋友，如果我也有那一天，我是说，我精神分裂了，沉溺于幻想，你还会爱我吗？女朋友反问，你会得诺贝尔奖吗？他说，几乎可以肯定，不会。女朋友亲了亲他，我知道你不会，我还会一样爱你。他为这句话而再次冲动，黑暗中，他仿佛看到了光，它来自一个女孩的胸前，深远而神秘。她的样子他都快忘记了。这么多年没见，再次见到她，他不确信他一定能认出她来。夏侯聪出国之前，女朋友对他说，你去了美国，我们可能再也见不到了。既然如此，就不要再联系了，不如就此放下。想来，她应该早已结婚生子，过着她渴望的平静的生活。

飞机降落在广州白云机场。夏侯聪一手牵着儿子，另一只手里拿着手机。儿子还是第一次到广州，他对夏侯聪说，爸爸，这个机场太大了。确实太大了，他们拖着行李箱，穿过漫长的过道，花了整整半个小时才走到到达厅。他们的行李不多，回国之前该处理的处理了，该寄的提前寄回来了。尽管如此，东西也还不少。有些东西，不随身带着也不放心。他们正等着取行李，夏侯聪手机响了，接通电话，母亲张蕙兰的声音飘了出来，你到了？我看航班已经到了。夏侯聪笑了，你都知道我到了还问。张蕙兰说，我们的车停在外面。夏侯聪说，不是说了不要接吗？多麻烦。张蕙兰说，你怕我麻烦，我这么多年没见过我儿子、我孙子，我想早点见到，有什么问题？夏侯聪说，没问题，我在等行李。张蕙兰声音有些哑，这都多少年了，你也不知道想我。夏侯聪眼睛一酸，妈，我先挂了，行李到了。见到夏侯聪，张蕙兰眼泪唰唰掉了下来。夏侯聪连忙抱住张蕙兰，拍了拍她的背说，妈，我这不是回来，我不走了。张蕙兰从夏侯聪怀里退出来，擦了擦眼泪，蹲下来拉住夏侯聪儿子的手，说，宝贝，我是奶奶，你爸爸的妈妈。夏侯易说，奶奶好。张蕙兰一把把夏侯易搂进怀里说，多好的宝贝，可惜你爷爷没见过你。说罢，又想哭了。夏侯聪说，妈，我们先回家吧。张蕙兰抱起夏侯易说，你看，光顾着和你说话，都忘了介绍你表弟，还记得吧？小时候你们一起上学的。夏侯聪说，当然记得，小时候的事情记得最牢靠。张蕙兰说，以前，你们两个老喜欢打架，你爸没少批评你。听说你回来，你表弟几次说要来接，还是自家的人亲。夏侯聪和表弟握了握手说，你样子变了，成熟了。表弟拉开车后备厢门说，一二十年了，能不变吗？夏侯聪和儿子坐在后排，望着车窗外，他有点不认识这个城市了。儿子的手放在他的手心，十几个小时的飞行,小家伙累了,有些睡意蒙眬的样子。夏侯聪用大拇指摸了摸儿子的手,皮肤细腻光滑,像一层包过刚出炉面包的纸。

简单吃过晚饭,夏侯聪带儿子睡觉。儿子睡在以前他睡过的房间,床还是多年前他睡过的那张床,实木的,刷过光漆。这么多年,漆还很新,透出时间包裹之后深沉的光泽。他贴的画片还在床头,旧了很多。房间收拾得干净整洁,像是他一直住在这里,空气中流动着自然的家庭气息,没有一点沉闷的寂气。他的小书架上,所有的书摆得整整齐齐,书的顶端略有些发黑,却没有附着的灰尘。夏侯聪从书架上抽出本书,《巴列霍诗选》。巴列霍曾经是他最喜欢的诗人,好些诗他倒背如流。比如《我相信强者》:"我相信强者,/让我,/伤残的风啊,让我走。/我一身是零,我的嘴巴是零,而我要大量自己。/而你,梦啊,把你最坚硬的钻石给我,/你那不予我的时。//我相信强者。/那里走来一个凹形女人,/一种无颜色的数量,/她的优雅关上之处/正是我打开的地方。"他说不清对这首诗为何偏爱。看到这首诗时,他正值十五六岁,可能是题目打动了他,也可能是"她的优雅关上之处/正是我打开的地方"这个略带神秘感的句子,唤醒了他对女性的想象。儿子已经睡着了,夏侯聪合上书,在儿子额头轻轻亲了一下,关掉灯,走出房间。

和他想象的一样,张蕙兰坐在客厅的沙发上,电视开着,她在喝茶,客厅的一角挂着她和父亲的合影。见夏侯聪出来,张蕙兰问,你喝茶还是来点啤酒?夏侯聪说,喝点茶吧。张蕙兰说,我去给你拿杯子。喝了几口茶,张蕙兰说,飞了这么久,累了吧?夏侯聪说,我还好,习惯了,小易是真累了。张蕙兰说,小孩子,飞这么久,还这么乖,很了不起。夏侯聪看了看房间说,家里空了不少。张蕙兰说,你去了美国,我和你爸过得简单,该处理的都处理了,省得收拾起来麻烦。你怕是不记得了,你小时候,整天把家里弄得乱糟糟的,怎么都收拾不干净。你爸见不得,用现在流行的话说,他怕是有强迫症,一看到东西摆得不整齐,整个人都不对了。你记得吧,他整天特别严肃,见谁都像得罪了他似的。夏侯聪怎么会不记得,在他的记忆中,童年似乎是铅色的,沉重压抑。他们家房间采光很好,在他的记忆中却总是昏暗的,从未明亮过。夏侯聪说,家里收拾得太干净了。张蕙兰说,本来就两个人,收拾起来简单。你爸走后,我也没什么事情,收拾干净,自己看着也舒服一些。夏侯聪问,爸爸的书呢?张蕙兰看着夏侯聪说,你怎么想起问你爸的书了?你以前最讨厌你爸的书了。夏侯聪说,以前家里到处都是书,现在一本也没有,有点不习惯。张蕙兰抬头四望了一遍,我倒觉得挺好。夏侯聪问,爸走后处理的?张蕙兰说,早就处理了。前几年,你爸也不知道发了什么疯,把家里所有藏书都捐给学校图书馆了,好像有一万两千来册吧。我还和他讲,你这些书捐给图书馆干吗?你们学校那个图书馆你还不知道?各种东西堆成堆,多少年都没人处理。你爸坚持要捐,我也没办法,可惜了好些书,都是绝版外文书,值不少钱呢。我倒不是心疼那点钱,捐出去全都浪费了,还不如卖给旧书店,人家大小还当个东西,还能落到爱书的人手上。本来,你爸还想把他收藏的十来本宋版书给捐了,我坚决不同意。总要给你留点东西,你是个读书人,留几本做个念想多好。你的书我不让他动,不过,你爸也是真绝,他把你书架上的书细细过了一遍,把他的书全部清了出来。图书馆运走了一批,还剩下一些没人要的,你爸找了个收废品的,全卖掉了,一本没留。夏侯聪笑了起来,那他不看书了?不看了,张蕙兰说,书不看了,文章也不写了,没事去江边散步、钓鱼。自从书没了,我再也没见他提过书的事儿。要不是跟你爸过了一辈子,我都不敢相信他曾经是个嗜书如命的哲学教授。夏侯聪说,我也没听你们讲过。张蕙兰说,这有什么好讲的,你也不爱听。你和你爸,什么时候说话能超过十句?夏侯聪说,那倒是,但他走了我还是有些想他。

夏侯聪看了看电视,他想象着父亲和母亲坐在电视机前的样子,手里没有书的父亲,眼光该落到什么上面?从小到大,夏侯聪看到父亲,不是坐在书房的椅子上,就是客厅的沙发上,面前永远摆着一摞书,或者笔记本、电脑等等。父亲和他话不多,偶尔说几句,言语中全是对他的失望。从小到大,父亲几乎没有陪他玩耍过,对他的学习和工作,通常也是三五句话说完。拿到普林斯顿大学通知书那天,父亲破例和他喝了杯酒,看他的眼神里稍稍有了满意的意思。喝了几杯酒,父亲突然说了句,其实,科学也不能解决什么问题,科学家也不能替大自然发言。夏侯聪本想反驳几句,又忍住了,父亲已经老了,这个研究了一辈子哲学的人,早就彻底否定了自身的意义。再否定科学,不过是在他的逻辑线上的自然延伸。穷究下去,一切皆是虚无。父亲研究了一辈子哲学,依然没有解决他的困惑。他捐掉所有的书,不再写一个字,也许只是他接受了命运,不再反抗。牛顿、爱因斯坦这些人类历史上最好的科学家,拥有人类最优越的大脑。在他们的晚年,他们都皈依了神学,成为虔诚的信徒。这是为什么?夏侯聪想,这样的问题本应该属于父亲。显然,父亲并不能回答,父亲甚至把他所有未刊的文稿全部毁掉了。已经出版发表的那些,张蕙兰说,父亲觉得都是垃圾,不过是混口饭吃,可耻得很。

有点晚了,你要不要休息?张蕙兰问。夏侯聪答,我还好,也睡不着。也是,美国这会儿正是大白天。张蕙兰起身,剥了个橘子，分成两半，一半递给夏侯聪。夏侯聪接过橘子，塞进嘴里。张蕙兰问，这次回来，真的不再走了？夏侯聪说，不走了。张蕙兰轻叹了一口气，你们父子俩，我也搞不懂你们。你看别的父子，就算有争争吵吵，过后还是亲人。你们俩倒好，即使互相有意见也是客客气气的，生分得很。有时，我倒宁愿你们俩打一架，也不要搞得像陌生人似的。你们不难受，我在边上看着难受。你跑美国去，这么多年不回来，我知道为什么，你爸也知道。我问过他，你就这么一个儿子，怎么搞得像外人一样，你不爱他吗？你猜你爸怎么回答我的？他说，我比你更爱他，比你爱得更深刻，你不懂。我是不懂，我看不出爱来，就是觉得这一切都不对劲。现在好了，他走了，你回来了。你们两个，我总是只能见到一个。夏侯聪搂过张蕙兰的肩膀，妈，以前的事不提了，以后我们一家人一起好好过。张蕙兰伸手摸了摸夏侯聪的脸说，我倒是想，可怎么过？你要去北京教书，我又不能跟你去。夏侯聪说，你跟我一起，当妈的跟着儿子天经地义。再说了，把你一个人留在广州，我也不放心。张蕙兰笑了起来，我身体还好得很，有什么不放心的？倒是我放心不下你。你在美国这么多年，什么都不跟家里说，你去哪儿了，你在干什么，我都不知道。要不是你要回来，我都不知道你有个这么大的儿子，我已经做奶奶了。夏侯聪问，你喜欢小易吗？张蕙兰说，哪有奶奶不喜欢孙子的。说完，看了夏侯聪一眼，有个问题我想问你。夏侯聪说，妈，我知道你想问什么，别问了。张蕙兰又摸了下夏侯聪的脸，我的傻儿子，你在美国到底经历了什么？这么年轻，都有白头发了。夏侯聪说，可能是吃得不习惯，回来就好了。张蕙兰说，想吃什么，妈给你做。好不容易回来了，多陪妈几天，别急着走。夏侯聪说，不急，这次怕是要在家里住些天。张蕙兰说，那就好,那就好。让我多和孙子玩几天,这小家伙,和你爸真像,简直是一个模子刻出来的,和你都没那么像。夏侯聪笑了笑,都是一家人,自然像了。

在广州的大半个月,夏侯聪见了几个老朋友,约着一起喝茶。甚至,还去了一次酒吧。那是一个室外顶层的酒吧,大量的绿植让人有在公园中的错觉。坐在椅子上,不用站起身便可看见广州璀璨的夜景,灯光闪烁。如果走到酒吧边缘,就能看到像黑色的绸带一样舞动着的珠江。江边布满流线似的路灯,成团的黑色阴影想必就是江边的榕树。夏侯聪小时候总喜欢去江边,想象着江水将流向何处。即使这些问题都有确定无疑的答案,珠江依然有着神秘的部分。这是他热爱的自然,无法穷尽,哪怕一切看起来简单明了。他和老朋友喝着啤酒,晚风吹起来,和在室内有着不一样的感觉。都是疲惫的中年,一时倦怠慵懒,又一时奋发振作。他们从中学时代的记忆谈起,慢慢聊到近况。他们问夏侯聪,这次回来真不走了?夏侯聪说,不走了。他告诉朋友们,他已经接受了北大的教职。朋友们纷纷举起杯祝贺,都说国内的环境有了很大的发展,在国内做科研一样有前途。北大教授,你知道吗?你是我认识的第一个北大教授,我从来没想过我身边还会有北大教授。一位朋友举起酒杯说。他接着说,在我看来,北大教授象征着学术的体面。不管别人怎么看,我坚持我的看法,一个国家、一个民族,如果开始诋毁知识分子,这个国家、这个民族,肯定是没有前途的。犹太人,你知道吧?这个星球最智慧的族裔,他们特别尊重知识分子,如果女儿能够嫁给教授,出多少嫁妆他们都愿意。从小到大,我一直认为你是我们这帮人中最有前途的。朋友喝得有点多了。夏侯聪和朋友碰了一下杯说,我特别羡慕你们,真的。如果有机会重来一次,我更愿意做一个工程师，或者建筑师。话题慢慢转移到了夏侯聪的专业，为了简洁快速地说明问题，夏侯聪再次说到了多莉。他知道，朋友们可能不太理解他的专业术语，但说起多莉，所有人都会明白，它是全世界的大明星。哦哦哦，多莉，我知道，那只克隆羊，克隆技术。夏侯聪点了点头，克隆技术只是其中一部分，比如基因编辑等等，也是其中一个分支。一个朋友举起杯想了想问，聪哥，我有个问题想问你。假设，我克隆了我自己，那么被克隆的那个"我"算是什么？如果不停地克隆下去，是不是意味着"我"实现了永生？如果我克隆了我的父亲，那么，"它"到底是我的父亲，还是我的"儿子"，"它"是谁？夏侯聪喝了口酒说，你这个问题我回答不了，类似的讨论进行了很多年，到目前为止，还没有达成共识，它确实涉及很多问题，包括法律的、伦理的等等。科学有时候会领先于伦理，甚至会对伦理造成巨大冲击。反过来，伦理和道德也会对科学造成制约。从这个意义上讲，科学并不是没有禁区，它没有想象的那么自由。喝完杯中酒，夏侯聪说，你看，我像个说绕口令的。不谈这些了，这么多年没见，好好喝点酒。

喝完回家，快十二点了。夏侯聪打开门，张蕙兰还没有睡。见夏侯聪回来，张蕙兰说，这么早回来了？夏侯聪说，还早？都十二点了。张蕙兰说，你们一帮朋友，这么久没见，我以为要玩到两三点。夏侯聪说，他们倒还有兴致，我有点熬不住了，在美国没什么夜生活。张蕙兰笑道，你在家里多待几个月就习惯了。我听你阿姨讲，你表弟他们动不动玩得整夜不回家。我倒宁愿你多出去和他们玩，高高兴兴的比什么都好。你小时候，你爸管你管得太严了，这不让那不让，搞得你像个小老夫子似的。夏侯聪说，妈，你别老说爸了，他人都不在了。张蕙兰说，不说了不说了，你早点洗洗睡。

夏侯聪问，小易睡了？见夏侯聪问起夏侯易，张蕙兰满是疼惜，小家伙真是乖，我告诉他，爸爸和朋友们很多年没见了，要聚聚，可能会比较晚回来。小家伙一点没闹，吃完饭，玩了一会儿，看了看电视就睡觉了。夏侯聪轻轻打开卧室的门，门外的光射进去，房间里微弱地亮了。他看了看儿子，儿子睡得安稳，侧身抱着小被子。他那额头和嘴唇，壮壮的小腿儿，在熟睡中格外可爱。夏侯聪弯下腰，亲了亲儿子的脸和额头，又摸了摸儿子的背。儿子像是感觉到了什么，翻了个身，还是抱着小被子。他的小肚子露了出来。夏侯聪给儿子理了理被子，盖好。带上儿子的房门，夏侯聪喝了口水，上了个厕所。他不想洗澡，有点累了，想好好睡上一觉。

　　说服张蕙兰和他一起去北京比想象的要容易得多。周四，夏侯聪和张蕙兰带夏侯易去海洋馆。据说，那是亚洲最大的海洋馆，也是世界最大的海洋馆之一，养了几条巨大的鲸鲨，还有难得一见的白鲸。尽管刻意避开了周末，海洋馆里依然人头攒动，夏侯聪很久没有见到如此密集的人群了。他们看到了海象、海狮、北极熊和各色的企鹅，帝企鹅比他想象的要小。夏侯易最喜欢的却是鲸鲨馆入口处的水母，密集的水母像一朵朵降落伞，它们从水底缓慢上升，水底的灯光不停地变换着颜色，整面墙都是游动着的变色水母。夏侯聪抱着夏侯易，他的眼睛瞪得大大的，像是看到了世界上最伟大的奇观。后来，他们站在鲸鲨馆的幕墙前，巨大的鲸鲨和蝙蝠鱼也难以吸引夏侯易的兴趣，他说，爸爸，我困了。回家的车上，张蕙兰抱着夏侯易，他的小脑袋枕在张蕙兰的腿上。张蕙兰给夏侯易盖了条小毛毯，时不时摸摸夏侯易的头发，拍拍他的背和屁股。夏侯聪再次和张蕙兰说，你和我一起去北京吧。张蕙兰还在犹豫。夏侯聪说，我到北京人生地不熟的，别的我不担心，谁来照顾小易呢？

没有人照顾他，我怎么放得下心来？说到夏侯易，张蕙兰言语间松动了，她说，你让我再想想。夏侯聪说，你一个人在广州我也不放心，一家人在一起，总比你一个人单着要好些。张蕙兰说，我知道，你让我想想。回到家，夏侯易还没有醒。夏侯聪抱着夏侯易，把他放在床上。等夏侯聪出来，张蕙兰给他切了块西瓜，她说，我听你的，我跟你去北京。她看了看四周说，在这里住了这么久，还是有些舍不得。夏侯聪说，房子留着，有空我们就回来住上一段时间。张蕙兰笑了，你也别骗我，这一走，肯定回不来了，你哪里会有有空的时候。夏侯聪朝儿子房间看了看，儿子像是听到了响动，可能醒了。

　　北京的生活也比他想象的要顺利。一切重新开始，工作之余，夏侯聪把更多的时间投入家庭生活之中。对他来说，在北京和在别的地方没有太大的区别，他早就习惯了在世界各地暂住。这些年，除开在美国常住，他还在法国待过两个月，至于十天半个月的差旅，那就更多了。北京的天气没有想象的那么糟糕，甚至，可以说得上好。他真正理解了什么叫万里无云：辽阔高远的天空中，一望无际的蓝，没有一点杂色。对张蕙兰来说，除开干燥一些，别的也还好。房子是学校帮忙找的，离学校很近，步行过去也只要二十几分钟。从客厅往外看，可以看到圆明园的湖水和亭台。夏侯聪对张蕙兰说，家里需要什么，你告诉我一声，我去买。张蕙兰说，等你去买，都不知道什么时候。再说，家里用的那些东西，你也搞不清楚，还是我自己买放心些，用着也趁手。张蕙兰把家里收拾得很干净，但和广州的房子相比，随意很多，没有那种刻板的整洁。她任由夏侯易把玩具扔得到处都是，墙上也满是夏侯易的涂鸦。第一次看到墙上的涂鸦，夏侯聪笑着说，妈，你也太惯着他了，我小时候要是这么画,你肯定得打我。张蕙兰说,那不见得,我从来没说不让你画,你不敢,你从小胆子就小,老实规矩。夏侯聪想起了他爸。有次,他在他爸的书上涂了几笔。他爸没说什么,看他的眼神却让他害怕,充满了烦躁和厌弃。张蕙兰和夏侯易的关系处得越来越好,平时只要有空,张蕙兰就带着夏侯易到处闲逛。来北京才三个月,他们把北京稍有名气的景点全逛完了。有时,等夏侯易睡了,夏侯聪和张蕙兰坐在客厅聊天。张蕙兰总是会说,这小家伙,和你爸长得越来越像了。你看过你爸小时候的照片的,简直一模一样。看到他,我总觉得你爸还活着。夏侯聪说,那多好,我们一家人还在一起。

　　对夏侯易的未来,夏侯聪曾经做过设想。他想过,夏侯易应该像他小时候一样,过着不属于自己的生活,却有着外人看起来还不错的人生。比如他,普林斯顿大学博士、诺梅塞林实验室终身研究员、北大教授,其中任何一个身份都让人羡慕。直到今天,他还在依靠这些身份获得体面的生活。他像一个成功者,在世俗的丛林中,居于食物链的顶端,有了取舍的自由。至于是否快乐,这是纯粹的心理体验,没有人能够替他回答。他怨恨过父亲,也试图理解过父亲。他发现,这一切如此困难。他无法找到一个确切的答案,也无法让生活重演。即使重演,他也不能保证他会是一个勇敢的人,有反抗或者面对的勇气。他想象过,夏侯易可能会是一个证明,答案将在他的身上揭晓。直到有一天,夏侯易开口说话,喊他"爸爸"。夏侯聪突然热泪盈眶,把头埋在夏侯易小小的胸前,像是要获得他的原谅。那一刻,夏侯聪意识到夏侯易是一个自由人,没有人可以控制他的人生,包括做父亲的。夏侯聪再一次想起了多莉。

# 大江分子云

凉亭正对着枣红色的屋顶，再远，白色的云朵在蓝色的天空中堆积，摇摇欲坠的样子，底部的铅色充满雨气。把镜头往下摇，绿的叶子，三角梅红色的花瓣在逆光中呈现出暗褐色的剪影。到了低处，鱼池中肥硕的锦鲤缓缓游动，显得沉着自信。院子里还有一棵杧果树，高过了屋顶。这个季节，杧果尚未成熟，散发出青涩的香气。下午四点，还没有人来，只有服务员不时走出来看看，把挂着"正在营业"四字招牌的木制大门推开又关上。树木太茂盛了，屋子的窗又太小，坐在院子往里面看，屋里一团淡墨色，影影绰绰勾勒出餐厅的痕迹。倒挂的杯架，房顶灰色的方木和收银台拐角处正摆手的招财猫。服务员再次推开门，放下一杯加了柠檬的冰水，这个季节坐在外面最舒服了，又没有蚊子。五点，一天中光线最柔美的时刻，空气中似乎添加了滤镜，透明干净，连杧果树上的叶子都反射出温柔的黄光。该来了，他看了看表。

你没点杯喝的？我以为你会先喝起来。曼帧把包放在椅子上，随手推了推烟灰缸。烟灰缸本来放在桌子中间，她把烟灰缸往他面前推了一点。独自坐了一个多小时，他抽了三根烟，脑子里几乎什么都没想，屋顶、云、三角梅和光线引导着他进入寂静。他想起为什么要约他们一起吃饭了。有些天没见了，他有些想他们。他们，一男，一女。你等得有点无聊了吧？太早了，上午去广州，刚回来。还好，我也没什么事，抽了几根烟。他拿起打火机，又从烟盒里抽出一根烟。我平时很少抽烟了，除开出来喝酒，几乎不抽烟。他熟练地把烟点燃，抽了一口，又是你先到，好几次了。她笑了起来，露出整齐的牙齿，每次都这么凑巧。我刚给临溪发信息了，他也快到了。他吐了口烟，望着院子外面，还早，外面的人还不多，零零散散的几个。几次了，总是她先到，他有些不习惯。她的头发剪短了一些，刚到脖子的位置。理了理垂下来的刘海，她说，你要不要先喝杯酒？我记得你喜欢冰啤酒，春夏秋冬都是如此。等会儿吧，他说，一个人喝酒也没什么意思。我可以陪你喝点儿，临溪马上就到了，我们把菜先点上。她放下手机说，我在车上问过老板娘，有几个新菜。他笑了起来，也好，那就先喝点吧，这天气，反正待会儿总是会喝多的。你们两个一起喝酒，有哪次不喝多的？曼帧看了看他问，你真有那么喜欢喝酒？他弹了弹烟灰，有，你也见过了。

　　她站起来说，我去下洗手间。她打开包，伸手进去拿了点什么。转身往洗手间走时，他扭头看了她一眼，她身材很好，个子高挑，长得也漂亮。烟还剩下一小截，他抽了一口，把烟掐灭。现在，烟灰缸里有四个烟头。烟灰缸很小，只能装七八个烟头。等喝完散场，大概要倒三到四次烟灰。冰啤酒放在桌上，摆了三个杯子。啤酒瓶凝结着一颗颗水珠，还有顺着瓶身滑下来的水痕。他拿起一瓶啤酒，倒了一杯，分两口喝完。啤酒还不够冰，如果再冰一点，会有更好的口感。除开清凉，它丧失了酒类的任何特征。他想要的正是这样。喝完第二杯，张临溪走了进来，在他对面坐下说，曼帧到了吧？又伸手拿了个杯子，这么快喝起来了。他摸了摸瓶子,这酒太冰了,换两个常温的吧。张临溪和曼帧都不喝冰的,太凉了。曼帧从屋里出来,看到张临溪,两只眼睛弯了起来,满是笑意。她坐下来,挪了挪包,让张临溪坐得更舒展一些。张临溪有点胖,白得有点过分。和曼帧坐在一起,他的肤色比曼帧更白皙。曼帧说,我们已经喝起来了,你要啤的还是白的?还是白的吧,啤的太撑了。张临溪摸了摸肚子,你看,好像又要胖起来了。曼帧看了张临溪肚子一眼,不胖,挺好的。张临溪举起啤酒杯,也就你不嫌弃,太热了,先喝杯啤的漱漱口。放下酒杯,张临溪说,我们还是坐里面吧,安静些,这儿也还有点热。

你想吃点什么?张临溪拿着手机问,他扫了一下餐桌边的二维码,开始浏览菜单。其实没有必要,他们每次都点那几个菜,烤羊排、爆炒羊肚、椒麻鸡、酱牛肉,浏览菜单更像是一个形式。我问过老板娘,说有几个新菜,待会儿问问她。曼帧笑眯眯的,你先点几个,先吃着,今天我买单。他想起了下午看到的朋友圈,曼帧晒了张图片,红彤彤一团,像是嘉奖令。确实值得骄傲,曼帧拿到了又一个单笔千万的大单。这个月她第二次拿到这种大单了,也是上半年第二次拿到。整个春天,曼帧的运气不太好,签的单少,而且全是三四百万的小单。对曼帧来说,这种单形同鸡肋,不跟可惜,毕竟也是笔业务,花那么多精力又有点不值得。曼帧做金融理财服务,单笔业务三百万起步。张临溪看着手机说,既然曼帧老师这么说,那我就不客气了,一千万,理当庆祝一下。曼帧拿起水壶,水有点烫,她把手往后面挪了挪,朝碗里倒了点水,边洗杯子、汤勺,边说,这两个月还可以,前几个月可把我愁死了。张临溪说,这个月都两个一千万了,愁啥?你这也太"凡尔赛"了。曼帧朝张临溪笑了笑,一年一亿两千万,我这才七千万,还差得远呢。张临溪放下手机说,一年还没过半,你销售额完成大半了,下半年很轻松了。曼帧说,希望吧。张临溪说,肯定的。一千万,他想了想,他所有的资产加起来恐怕还不到一半,更不要说现金了。他的现金,五十万都没有,能够一次拿出一千万现金是什么感觉?他想象不出来。你有一千万现金吗?他问张临溪。我没有,张临溪说,有一千万现金的那都不是一般人,能够拿出一千万现金来做理财,意味着至少有十亿资产。说了几句,张临溪突然停顿了一会儿,问,我们为什么要聊这个?有意思吗?有点好奇,他说,这么多钱干什么不好。张临溪喝了口水,你这么想就不对了,没人跟钱过不去。眼下生意不好做,你辛辛苦苦忙碌一年,利润率可能还不如做做理财。又说了几句,张临溪说:不说这个了,没意思。我们祝贺曼帧老师就好了,还是喝酒愉快。菜上了几个,烤羊排还没有上。曼帧带了六瓶小老窖,她是新疆人,对小老窖有着特别的热爱。曼帧还在等老板娘过来,她想试试新菜。这家餐厅她来的次数太多了,一个礼拜两三次。有时陪客户,有时和闺密,偶尔也和张临溪一起过来。除开菜品的口味,她也喜欢这里的环境,适合谈事情,张弛有度。刚和张临溪一起时,她问过张临溪为什么她的业务总是不好不坏,怎么努力也做不到最上游。张临溪说,你要是做到最上游,那我就有些担心了。见曼帧不解,张临溪意味深长一笑。这一笑,曼帧明白了,不会吧?仔细想了想,又觉得张临溪说得有道理。

你最好喝点白酒,毕竟,啤酒太凉了,而且容易尿酸高。张临溪说,啤的我是真喝不动了。就算偶尔喝点儿,我也得常温的。你这太冰了,怎么喝得下去?服务员再次过来,将两瓶啤酒放在桌子上,她放下手里的开瓶器说,我放个开瓶器在这儿,你们自己开吧。外面已经黑了,墙面高处的通风孔收起了射进来的光,只剩下一个个花瓣形的黑影。要不,你也喝点白的?曼帧带了六瓶,我们两人怎么喝得完?他打开啤酒瓶,倒了杯啤酒,这是第三瓶了,正常情况下,他能喝六瓶,再多就会醉了。啤酒冰凉,拿在手上清爽舒服,他拿着酒杯和张临溪碰了碰杯,我还是喝这个吧,大热天,白酒太燥热了,受不了,还是喝点啤的舒服。他又和曼帧碰了碰杯。他们两个的杯子都太小,每次碰杯他都收着力气,免得把杯子碰翻。如果大家都是啤酒杯就好了,碰出"哐哐哐"的声音,气氛热烈欢乐。他们三个人,通常喝得不少,高兴起来也唱歌,却少了喧闹。这样挺好,适合这个年龄的心态,想放纵一下,又难得做到彻底。最近还顺利吧?他问,应该挺不错的,看你情绪很好。张临溪放下酒杯,什么都瞒不过你,你对我是真了解。给他倒了杯酒,张临溪又把曼帧的扎壶加满,她喝完第二个扎壶了,四两。不过,对我来说今年算是过完了,下半年随便混混,也不折腾了。张临溪举起筷子,夹了片羊肚接着说,他们家羊肚真不错,脆爽。有些店里没做好,嚼起来跟橡皮筋似的。放下筷子,张临溪接着说,总算把两个事儿摆平了,折腾了大半个月,愁死我了。你知道吧?没订单着急,有订单也着急。没订单愁活路,有订单又缺芯片,一大摊子烂事儿。好了,总算做出来了,集装箱一出去,在海上给你停半个月,天天都是钱。现在反倒好些,不想这事儿了。我不是还有个五金厂做铝合金门窗吗?这个还不错,没亏,还能养着。去年到今年,投的几个项目,死的死,没死的吊着口气,能养就养着,扔了一分钱不值。曼帧给张临溪夹了块牛肉粒——老板娘亲自过来上的新菜。牛肉粒焦嫩,带着清淡的奶香味儿。怎么又说起这个了?不说了不说了,又不是什么高兴的事儿。吃完牛肉粒,张临溪举起酒杯说,我们聊点别的吧,反正,不管怎样,曼帧老师总会包养我的，这软饭我是吃定了。对吧，曼帧老师，你会包养我的吧？曼帧笑了笑，和张临溪碰了碰杯说，会会会，我包养你。他也笑了起来。每次吃饭，这个玩笑至少要开三次。张临溪单身离异，曼帧也是，不同的是曼帧还带着一个十岁的女儿。自第一次见面，两人就互有好感，两年下来，关系自然更进一步。和别的情侣相比，又有些特别，他们保持着微妙的距离。

　　老板娘再次进来时，空着手。曼帧来得次数多，和老板娘成了略逊于闺密的朋友。每次曼帧过来，老板娘只要有空，总会亲自上一两个菜，以示亲密。等店里人少了，闲下来，如果桌上只有曼帧、张临溪他们两三个人，老板娘还会来坐坐，喝杯酒。每次看到老板娘，张临溪总是喊她喝酒，生怕她闲下来。见老板娘进来，张临溪给老板娘加满酒说，等你两个小时了，你看，马老师都等着急了。老板娘冲张临溪笑骂，切，每次都是你名堂多。说罢，举起酒杯说，先一起喝一杯吧。张临溪说，那不行，你先和老马喝一杯，他等你一晚上了。老板娘又笑，拉拉扯扯，四个人一起喝了一杯。喝完，老板娘又要和张临溪喝酒，张临溪不肯。老板娘只得说，那我先和我们家老马喝一杯。这话一出口，张临溪满脸堆笑，朝曼帧说，看到没，我们家老马，你看人家这亲热劲儿。嘻嘻哈哈喝完，又是一阵闲扯。小老窖开了四瓶，正喝着第三瓶，墙根儿摆了五个空啤酒瓶。老板娘也是新疆人，能歌善舞。好几次，喝到客人都散了，他们一起去KTV，彼此都放松下来，暧昧的灯光、酒精和音乐让他们进入新的境界。他很喜欢老板娘的女儿，九岁，正读小学三年级。小家伙聪明又漂亮，她眼睛不大，像两点反光的深漆，明亮清澈。有次，他来得早，小家伙正趴在桌子上写作业。写完作业，他正无聊，喊她过来玩儿，问了她几个问题。这是个聪明的小家伙，他就喜欢聪明孩子。还有次正喝酒，小家伙拿了作业本过来。看完作业，他随手写了几个等差数列填空和求和的数学题，没想到小家伙都做对了。他又出了两道平面几何求阴影部分面积的题目，这对孩子已经超纲了，而且，他出的题目需要切割拼图。她还没有学过圆的面积公式，却准确地说出了解题思路。他有些惊讶，问老板娘，小家伙学过奥数？老板娘说，没有，不过，她数学不错。他说，小姑娘太聪明了。再见到老板娘女儿，他又多出些喜爱来。老板娘被张临溪连灌了好几杯酒，说，哥，你让我歇会儿，一直在喝呢。张临溪说，你让你们家老马帮你喝，你们两个人，我们也两个人。老板娘说，那又不是我男人，他又不喜欢我。曼帧连忙说，马老师喜欢你，他跟我说过。老板娘笑了起来，本来以为你是个好人，没想到你和张临溪在一起也变坏了。曼帧说，哪有这回事，马老师真的喜欢你。老板娘说，你要说他喜欢我女儿，我信，我知道他喜欢聪明孩子。我这么笨，他才不喜欢呢。张临溪说，可以爱屋及乌嘛，喜欢你女儿，顺带把你也喜欢了。老板娘说，你这嘴巴，真是欠打。他也笑了，举起酒杯说，行了，你就别整天欺负老板娘了。张临溪端起酒杯，另一只手指着他说，你看到没，他护着你，还说他不喜欢你？又喝了几杯，老板娘起身说，你们先慢慢喝着，有客人买单，我去招呼一下。说罢，起身走出房间，顺手把门带上。房间里一下安静下来，张临溪挪了挪椅子，靠曼帧更近一些，好把手搭在她腿上。

　　他上了个洗手间，喝完六瓶啤酒，他的膀胱灌满了尿。从房间到洗手间不过七八米的距离，他走得不太稳，地面铺的青砖凹凸不平。走进洗手间，一股檀香的味道冷不丁地钻进他的鼻腔，让他清醒了些。再喝怕是要醉了，他对自己说。他的手撑在墙面上，似乎尿了很久，还是意犹未尽。他有点不耐烦，才十点钟，他还不想回家。每次出来，他总要等到老婆孩子都睡觉了才肯回家，大约十二点的样子。再晚，他也觉得累。他往头上浇了点水，再用手抹干，脸上有了清凉的意味。走进房间，张临溪还在轻轻拍着曼帧的腿，好像那条腿是一面温柔的小鼓。见他进来，张临溪说，我都和你说过，少喝啤酒，胀得很，你这一开始，就停不下来了。他坐了下来。张临溪说，你看，我们刚才数了一下，你才是少数派，绝对的少数派。我、曼帧还有老板娘，我们都离婚了，桌子上一共四个人，只有你没有离婚，离婚的人远比你想象的要多。都只活一辈子，为什么要委屈自己？老马，你老实告诉我，你有没有离婚的念头？他点了根烟说，我杀人的念头都有过，那我就要杀人吗？张临溪说，你要这么说就没意思了，离婚和杀人能一样吗？你这偷换概念嘛。张临溪喊服务生再拿两瓶啤酒，越冰越好。给他倒上后，张临溪说，我给你讲过我妈吧？那才是真神。我给她至少买过一万条鱼啊泥鳅，不夸张，真有一万条，干吗了？放生。她拜过十几个大师，那些大师，太假了，简直没有职业道德，骗人也要尊重一下智商吧？人家根本不在乎，直接拿人当傻子。就那样，我妈都信。她躺在病床上，相信大师能在深圳给她发功。她的病好了，那是大师的功劳；没好，那是医生破坏了大师发功。就这样，她还批评我对大师不敬。那种大师，深圳得有几千个吧？我也见过几十个吧。老马，我跟你讲，没意思，人要是蠢起来救不了。你为什么不让自己高兴些？他把烟掐灭说，我高兴，我哪儿不高兴了？张临溪说，那行，你高兴就行。曼帧拿着瓶小老窖问，还要不要开？张临溪说，开，反正都醉了。再喝下去真的要醉了，他说，那为什么不干脆快点喝醉呢？他想老板娘过来，坐在他隔壁的位置。

店里安静下来，别的客人都走了，只剩下他们这一桌。他们还没有散的意思，反倒像刚刚开始。老板娘进来时，曼帧让过身子，起身去洗手间。坐了几个小时，也喝了几个小时，她的脸微红，但还没有醉的意思。都走光了？张临溪给老板娘摆好酒杯问。哪次不是你们闹到最后？老板娘反问道，装得不知道似的。那你也喜欢嘛，你要是不喜欢，早就赶我们走了。张临溪说。老板娘笑了起来，我也是个人嘛。她喊了声服务员，让服务员送几个凉菜过来，拍黄瓜、皮蛋和腐竹。要不，我们到院子里喝吧？他说，反正都没有人了，外面也凉快，更通透些。曼帧进来时，他们正往院子里搬东西，酒杯和菜等。曼帧捡起还没喝完的酒笑眯眯地说，又要到院子里喝啊？张临溪端着碗碟说，马老师的毛病你又不是不知道，一晚上总要折腾几个地方，就算同一家店里，那也得换张桌子。曼帧笑，马老师讲究。张临溪说，那可不是。四人在院子里坐下，明月当空，灯光显得更加暗了。老板娘拿了瓶驱蚊水出来，递给曼帧说，你喷一下，怕有蚊子。曼帧给张临溪也喷了，递还给老板娘。老板娘问，老马，你要不要喷点儿？他说，不用了，没那么讲究。说罢，拎起一瓶啤酒问张临溪，刚才你说到哪儿了？张临溪说，这不是已经上天了吗？他想起了他们刚才谈的话题，从房间到院子，不过几分钟时间，他忘记了，他可能真的醉了。好笑的玩笑。大师、神仙，天上有几重天？八重还是九重？他们刚才谈到了火星和玉皇大帝。老马，你想想。张临溪伸手从他面前的烟盒里拿了根烟，放到鼻子边闻了闻。他想给张临溪点上，张临溪摆了摆手说，不抽了，真的不抽了，闻闻就行。张临溪把过滤嘴朝桌子上轻轻敲了几下，像是想点火一样。不说九重天，宇航员上天，那多高？离地几万公里，就那几万公里，带上去的种子回来种着都不一样，起了变化,基因突变了。这说明什么?说明宇宙里面有神奇的东西,我们理解不了,也解释不了。老马,你相信有外星人吗?相信。那,你相信有神吗?相信,这不刚才说到玉皇大帝嘛。张临溪举起酒杯说,我有点伤感了。出来院子之前,他们的话题已经从太阳系扩展到了整个宇宙。如果真有九重天的话,太阳系是第一重,银河系是第二重,至于第九重则属于未知的、神的领域。到了第九重,神不再是物质的,它没有肉身,它表现为意识形态,无处不在。那么,玉皇大帝住在第几重?当然是第九重。普通的人类如何抵达第九重,这是个难题。借助科学的力量,旅行者一号飞了近四十年才刚刚飞出太阳系,人类怎么办?张临溪说,没有办法补给,人类还没有飞出太阳系就饿死了,连第一重天都到达不了。那可不一定,他说,说不定到了那儿根本不需要能量补给,所谓无增无减、不生不灭。只要能飞出太阳系,人类就已经是神了,只是没那么高级嘛。张临溪眼里一亮,真的?他举起一杯啤酒,当然是真的。在地球上的才是凡人,都上天了,那可不就是神仙了?放下酒杯,他想,我都相信了,这就是真的。不然,马斯克干吗要飞上火星?他想把火星作为跳板,飞向更远的宇宙。不,不是宇宙,他在飞向天庭,他在飞往神的领域。啊,对他来说,这是不是就是回家?他一直以凡人的形态行走在人群中,实际上他不是,他是被贬谪下来的神。他知道,他想回家。所以,他要去火星。啊,原来这是一个这么大的阴谋。太坏了,他们实在太坏了。想到这里,他有些激动,他终于看穿了马斯克的真面目。

  他拿着酒瓶的手因为激动而微微颤抖,倒满酒,他试探着问张临溪,你觉得马斯克是正常人吗?张临溪说,当然不正常。那你觉得他是外星人吗?不大可能吧?张临溪语气之间有点犹豫,不过,他确实不像地球人。他，他可能是被选中的人吧。这就对了，你知道他为什么要去火星？张临溪看了看他，试探着说出两个字，回家？听到这两个字，他拍了一下桌子，抽出根烟点上，太阴险了，他们回家了，把我们留在地球上受苦受难。太不公平了。张临溪终于把烟点上了，那我们怎么办？怎么着也得买张船票。只要飞出了太阳系，我们就不再是人了。可是我买不起，他说，我只能在地球上做圣贤，但永远成不了神。我们凑钱买张船票吧。张临溪说，这是一趟有去无还的旅行，要么成为神，要么成为飘荡在宇宙中的一颗小行星。张临溪的表情有点伤感，我有点可怜我妈，她信了一辈子的神。如果我买到了船票，她发现她信的不过是我，或者我的化身，她一定很绝望。别这么想，他说，如果你到了第二重，第三重乃至第九重天，你就消失了，你不再是你，你表现为意识形态。那还好，张临溪说，那我尽力买张船票。他又拍了拍曼帧的腿说，你要不要和我一起走？曼帧说，我买不起船票。张临溪说，还早，慢慢凑。曼帧说，算了，我还是不走了，我放不下我女儿。那我怎么办？张临溪问，你总不能不管我吧？曼帧说，那你等着我呗。张临溪说，也行，那我看着你，保护你。曼帧倒了杯酒，看着老板娘说，你看看，我们这也是天上有人了。曼帧的话音刚落，老板娘实在憋不住了，她笑得捂着肚子，说，神经病，你们一帮神经病，还九重天，外星人。马斯克要是听到你们这么说，怕是要活活笑死了。笑过了，她喊服务生，帮我拿瓶啤酒。张临溪看着老板娘，满脸鄙视，你到底笑什么，你到底在笑什么？曼帧扫了老板娘一眼说，他喝多了。老板娘说，我没笑。你笑了。我没笑。张临溪叹了口气，好吧，你没笑。你们，哪里知道我到底在说什么。老马，你说是吧？他点了点头。张临溪看了看天空，月亮又大又圆，在古代谁能想到人类能登上月球呢？马斯克登上火星为什么不能是回家？人类走出银河系，可能这个世界真的就变了。曼帧把手里的小老窖倒完，瓶子里没有酒了。只剩下最后一瓶小老窖。还开吗？她问。开吧，留一瓶干吗？老马也喝点儿。这会儿我喝不得白的，一喝就倒下了。他又点了根烟说，我有点想念马斯克。老板娘理了理头发，她的耳朵上有三颗耳钉，在夜色中闪闪发亮。

笑声散了，桌子上沉默下来，短短几秒钟。张临溪对老板娘说，你和老马先走吧，我和曼帧再坐会儿，我给你关门。老板娘说，我走什么？这是我的店。你啊，就是笨，给你创造机会不知道把握。张临溪说，人家老马都等你等到天亮了。老板娘说，瞎扯，你以为老马和你一样？他还要回家的。张临溪说，你看看，你看看，就是不争气。曼帧脸色更红了，怕是醉了。她努力睁着眼睛。过了十二点，她早就困了。平常，她十点左右上床睡觉，只有陪张临溪出来，才不计昼夜。这还不算太晚，好多次，他们一起喝到凌晨三四点。曼帧回家洗完澡，稍稍休息一下，还得起床送孩子。张临溪看着曼帧说，天上地下，到底什么有意思？有时候一想，你挣那点钱，我做那点生意都挺没劲的。一想到宇宙，什么都虚无。他摸了摸曼帧的大腿说，可是，为什么我摸到你大腿又觉得有意思？你是个人，你毕竟也是个人，曼帧说，人都有情感。张临溪说，我没有情感。曼帧说，你喝多了。张临溪扭过头对着他说，老马，你知道恒星是怎么诞生的吗？恒星摇篮嘛，我以前看过一些资料。他说，猎户座星云，对，比如说猎户座星云，那儿就是恒星摇篮，很多恒星都是从那儿出来的。还有仙女座星云、金牛座星云、麦哲伦星云什么的，总之，就是那个意思。张临溪说，连恒星都有摇篮，马斯克能跑到哪儿去呢？即使他去了火星，他也跑不出银河系，他到底还是个凡人。我不喜欢马斯克，张临溪说，他让我自卑。老马，你知道吧？我最近看到一个新闻，说是中科院发现银河系两处恒星摇篮。这不是什么新鲜事儿，我喜欢那两个命名。你猜叫什么？我不知道，他说。大江分子云，凤凰分子云，好听吧？又大气又古典，还有神秘感，大江、凤凰，这两个名字太棒了。你知道大江分子云离太阳系多远吧？一千三百光年。你知道凤凰分子云离太阳系多远吧？两千光年。你知道普通人跳高能跳多高吧？一米四左右。你知道地球离太阳多远吧？大约一亿五千公里，光跑起来不过八分钟多点。你说，人类是不是特别可笑？张临溪还在说。曼帧又去了趟洗手间，从洗手间回来时，她脸色白了一些。她看了看表说，张临溪喝多了，很久没见他喝多了。曼帧说，他最近事情多，不太顺，心里堵得不舒服。张临溪靠在椅子上，脑袋耷拉下来，听到曼帧的声音，他抬起头，睁开眼睛说，你回来了？我还以为你不要我了。曼帧拍了拍他的手，我怎么会不要你？我说了包养你的。她给张临溪喂了口茶，又坐了一会儿，说，我送你回去吧。张临溪说，我送你。曼帧说，你喝醉了。张临溪说，我没醉，我们再坐一会儿。

过了一会儿，曼帧的车到了。她问张临溪，你真没事？张临溪说，没事，放心。曼帧拿起包说，那我先走了。张临溪把曼帧送上车，又折了回来。他还没有叫车。他说，我叫辆车。老板娘说，你们两个也是神经病，一起走不行啊？还得分开走。张临溪说，你不懂，你这么想就庸俗了。我爱她，和你想的不一样。我爱我妈，和你们想的也不一样。我还爱我的酒鬼父亲，他死在了他最爱的酒上，他很幸福，你们也不理解。就像此刻，我的车快到了，这种等待也让我幸福。在这世上我没有痛苦，我早已是我的神。老板娘哈哈笑了起来。夜色深沉,她的笑声显得放肆、突兀,又格外真实。等张临溪走了,老板娘开着电动车带他回家。路上的风有点凉,他的头有点晕,想吐。喝了一晚上酒,他想回家。老板娘和他住在不同的小区。她不能送他。他搂着老板娘的腰,脸贴着她的背,湿淋淋的。

# 沈先生字复观

苏植苓从日本到访中国，他要办一件大事。临行时，苏思木一再交代，别的事可以不办，这件事一定要办到。他给了苏植苓一个黄花梨木盒子，里面装了一张纸，叠得整整齐齐，还有两块玉。苏植苓正想打开看看，苏思木说，你就别看了，你爷爷写的祭文。你回去，找到沈先生的墓，把这祭文在沈先生墓前烧了。这两块玉，送给沈先生的后人。苏植苓说，这么多年了，也不知道能不能找到。苏思木说，要是容易，我也不用特别交代你了。作为日本最著名的天体物理学家，苏植苓受邀到北京参加第八届国际天体物理与宇宙学年会。他的到来，引起了国际学术界的广泛关注。近十年，苏植苓被学术界视为最有可能获得诺贝尔物理学奖的科学家，他的研究成果被誉为天体物理领域三十年内最具突破性的进展之一。

从东京飞往北京，航程四个小时左右。中午十二点零五分，苏植苓乘坐的CZ4853次航班降落在首都国际机场。落地那一瞬间，苏植苓有点恍惚。近五个小时前，他还在东京羽田机场准备登机；现在，他到了北京。这是苏植苓第一次来北京。这些年，他到全世界很多国家参加过学术会议，足迹遍布亚非欧美。仅在亚洲，他就去过韩国、新加坡、印度、以色列等，却没有去过中国。他还记得有次他在南非开普敦遇到一位中国科学家，会议结束后，他们一起喝咖啡。他问起中国的情况，对方感到非常惊讶，没想到苏植苓没有去过中国。他理解对方的惊讶，他的姓氏说明他属于华裔，他不应该没有去过中国。这些年，苏植苓接到过不少中国科研机构的邀请，完全没有刻意回避，却总是莫名其妙地错过了。这次会议，还在筹备阶段，苏植苓就接到了邀请，那是快一年前的事情了。他答应了。离会议日期越来越近，苏植苓担心会出什么特别的状况。还好，一切顺利。他来到了中国。来接苏植苓的是一位年轻的大学生，正在清华大学念博士，还不到三十岁。见到苏植苓，他有点紧张。一开始，他尝试用日语和苏植苓交流，苏植苓笑了起来，他会说一口流利的中文。从小到大，中文是家里唯一使用的语言。我还担心您不会中文，没想到您中文这么好。博士说，我查过资料，这好像是您第一次来中国。苏植苓说，第一次，不过，我感觉我对这儿很熟悉。他看着窗外，路边的柳树正绿，北京城种了这么多柳树。他看到的景象，和他在网上看到的资料差不多。

  会议议程五天。前三天学术交流，后面两天，主办方安排参观故宫、长城等。苏植苓和主办方请了假。这两天，他还有两场活动。一场到中科院物理所交流，另一场到北大做讲座。他没想到，会有那么多人来听讲座。他的研究方向艰深晦涩，并不好懂。引力波被观测到后，大众对宇宙的兴趣被激发出来。他没想到，会狂热到这种程度，连走道里面都挤满了人。虽然，在后面的交流环节中，苏植苓发现他们对宇宙学并无多少理解。他们关心的更像哲学问题，而不是科学问题。三天会议，两场活动，这对苏植苓来说强度不算太大，他早就习惯了这种节奏。离开北京之前，苏植苓和主办方联系了一下，说他想去一趟铁城。主办方有点意外，还是问他，您需要什么帮助？苏植苓说，不用了，我自己去就好了。主办方说，苏教授，您第一次回国，对国内的情况可能不太熟悉，还是有人陪着更好一些。主办方想安排两个年轻的学者陪苏植苓一起去铁城，一方面方便照顾苏植苓，另一方面也想加深他们和苏植苓的交流。苏植苓坚决不要，说办点私事，不用这么大阵仗。即便如此，主办方还是给了苏植苓两个电话号码，说，您到了铁城，要是有什么事情，给他们打电话，都是同行。苏植苓谢过，订了从北京到广州的机票。

　　铁城离广州不远，坐轻轨四十来分钟。苏植苓早早订了酒店。到了酒店，他好好洗了个澡。洗完澡，坐了一会儿，他给苏思木打了个电话，告诉苏思木他到铁城了。苏思木说，你拍点照片，带回来给我看看。经常听你爷爷讲铁城，到底是个什么样子，我没有见过。苏植苓说，这么多年了，怕也不是以前的样子了。苏思木说，再怎样，也是故土。挂掉电话，苏植苓在酒店房间窗前站了一会儿。天还没有黑，太阳将落未落，余晖斜洒，把高大的建筑切出一块块灰暗的阴影。屋顶多是灰白色，他想起了布达佩斯的屋顶，是浓烈的红色。一条河从城市中间流过，河流的两岸满是青翠的树木，他还能看到两座索拉桥。桥边上，有座巨大的摩天轮。这里和北京，太不一样了。苏植苓对铁城几乎没什么了解，之前也只是偶尔听苏思木说几句。苏思木知道的那点东西，也是听说的。他听苏思木说过烟墩山，还有山上的寺庙。据说站在烟墩山上，望得见伶仃洋的雾气。"人生自古谁无死，留取丹青照汗青"，就是那个伶仃洋。苏植苓把盒子从行李箱里拿了出来，摆在电脑桌边上。他想，这么多年，终于回家了。

　　早上起来，用过早餐。苏植苓去到前台问，烟墩山怎么走？服务生说，烟墩山啊，很近的，你出门左拐，一直走一直走，走上两公里左右，右手边有个牌坊，上面写了"烟墩山"三个字，那里就是了。苏植苓说，这么近？服务生说，铁城小，去哪里都近。苏植苓说，这么说，我在房间能看到烟墩山了？服务生笑了，那倒不行，方向不对。出了酒店，太阳大了，明晃晃地耀眼。路边上树荫浓密，种的多是杧果树和榕树，典型的中国南方城市。街上人多，他们说的话苏植苓听不懂。走了快二十分钟，苏植苓看到了"烟墩山"三个红色的大字。从山脚望上去，不高，杂树丛生，一条石板路从牌坊下通往山上。苏植苓没想到烟墩山坐落在这么热闹的地方。他以为烟墩山应该偏远僻静，至少不该出现在步行街中部。苏植苓站在山对面拍了张照片，发给苏思木。一会儿，苏思木回信息说，原来是这个样子。苏植苓沿着石板路上山，路两旁多是松树，散发出浓郁的气息，柔波般灌进他的肺里，让他感到一阵阵愉悦。走过松树林，接着一片竹林，楠竹高高大大，直直地插上去。竹林里见不到土，积满厚厚一层竹叶。他想到里面踩一脚，或者躺下来。在日本，他看多了樱花，竹林也不少，那儿却收拾得干净，不似这里任由叶子落着。山上人少，偶尔有人经过，多是谈恋爱的年轻人，或者锻炼的老人，像他这样闲散的中年人，几乎不可见。绕到半山，一座寺庙出现在苏植苓面前，他知道那是西山寺。苏思木和他讲过，烟墩山上有座西山寺，据说是北宋末期修建的，有近千年的历史了。他不知道的是西山寺两次毁于战火，一次毁于人祸。眼前的这座，修好不过三十来年。苏植苓到西山寺里走了一圈，寺不大，修得还算讲究。他没碰到一个和尚，连游客都很少，两三个或是四五个的样子。寺庙清寂，苏植苓体味出好来。既然是寺庙，有晨钟暮鼓，悠悠一炉香足矣，哪里要那些吵吵闹闹的东西？他在禅院里发现了一池荷花，池水从山上引过来。池塘的一壁依着连山的石壁，水正是从那里一股股流进池里，间或一两声水响，像是有石子掉进了池塘里。石壁靠水近的地方长满了黄绿的青苔，石头缝里一丛丛的灌木，有的开了花，红红黄黄的一簇，倒映在水里，煞是漂亮。池塘里的龟倒是肥大，懒洋洋地浮在水面上。苏植苓在池塘边坐了一会儿，荷叶在阳光下绿得晃眼，他在廊下，阴沁沁的舒爽。

拍了几张照片，苏植苓去了山顶。山顶有个小小的亭子，四野空无一人，微风习习。他擦了擦汗。一路走上来，他有点热了。站在亭子里，苏植苓远远地看到一团白气，他知道那是伶仃洋。沿着伶仃洋北上，再往东，可以达到日本，那也是他祖辈走过的线路。苏植苓绕着亭子录了一段视频，又坐下来，望着远处的伶仃洋。坐了一会儿，苏植苓下了山。他要去找旧时的铁城。他不知道，旧时的铁城围在烟墩山脚下，剩下的只有两条老街。从烟墩山下来，苏植苓打了辆车，他对司机说，师傅，麻烦你带我去铁城老城区。师傅说，这里就是了。苏植苓说，这里哪里像老城区。师傅说，铁城哪里还有什么老城区，这么小一个城市，该拆的都拆了，只剩下两条老街，据说一百多年了。苏植苓说，那你带我去那两条街。师傅说，破破烂烂的，没人住了，估计也快拆了。早就该拆了，横在那里碍事，要不是地皮贵，政府早就把它拆了。苏植苓笑了笑说，还好没拆，一个地方总得留下点东西。到了老街，苏植苓来回走了两遍。街道狭窄，勉强能错开车，几条土狗在街巷里懒洋洋地散步。沿街都是独门独户的小院，院里种着果树，有荔枝树、龙眼树、杧果树、枇杷树等等。多数关着门，悄无声息的。街巷不算太破败，暮气却是重的，像一个垂暮的老人。

逛了一天，回到酒店，苏植苓累了。他有好久没有走这么多路了。他翻开手机,照片拍了不少,满意的不多,大同小异。他挑了二十多张发给苏思木,他想苏思木应该会感兴趣。苏思木交代的事情,他还没有办。到了铁城,他发现,如果仅他一人,没办法完成任务。铁城变化太大了,他对这个城市几乎一无所知。苏植苓找到那个号码,看了看名字,王竞力。电话拨通了,里面传来一个热情的男声。他把情况大略讲了一遍,王竞力说,苏教授,您看这样好不好,今天有点晚,就不打扰您休息了。明天一早,我去酒店找您,您看怎样?苏植苓说,那再好不过了,实在是太麻烦您了。王竞力说,苏教授,您太客气了,您要到铁城来,我前天就知道了,只是不好打扰您。明天早上八点,我到酒店大堂和您碰头。挂掉电话,苏植苓有种预感,明天一天,怕是干不了什么活儿。虽然他此前没有来过中国,却听同事讲过,中国人的热情让人害怕。他在电话里一再交代,只是一点私事,千万不要兴师动众。王竞力说,苏教授,您放心。别的不敢说,这个事包在我身上。在铁城教了这么多年书,人我多少认识一些,也有不少学生,都能帮得上忙。

第二天,苏植苓早早起了床,他给王竞力准备了一份小礼物。那还是年会上的赠品,口袋书大小的一块红木木刻,上面有太阳系的星象图,做得很是精巧,苏植苓蛮喜欢。苏植苓七点四十分出房间,七点四十五分到了酒店大堂。一进大堂,苏植苓便看见了王竞力,他正坐在大堂的沙发上抽烟。苏植苓快步走过去,伸出手说,王教授好,真是不好意思,麻烦您了。王竞力连忙掐灭烟头说,苏教授,您太客气了。经常读您的文章,这次见到真人了,荣幸之至。两人寒暄了几句,王竞力对苏植苓说,苏教授,您看这样安排合不合适?昨天晚上听完您的电话,我给我社科联的朋友打了电话,让他们帮忙找个铁城文史专家,您的那些问题,怕是只有专家知道。说实话，您要问我，我也不知道。早上我朋友回复我了，说是找到人了，不过要晚上才有空，就约了晚上一起吃饭，上午我陪您到我们学校转转。也怪我多嘴，听到您电话，我一激动，和我们院长说了一声。院长听说您在铁城，让我无论如何请您去学校看看。说实话，我们这个破学校，不值得去。不过，院长既然交代了，我也只好厚着脸皮说一声，您看情况，不去也没关系。

话说到这个份儿上，人家又帮忙约了人，苏植苓只好说，可以的可以的，我上午也没有什么安排，能去贵校参观，好得很。见苏植苓答应了，王竟力连忙说，谢谢苏教授，太感谢您了。您这是对我们工作的巨大支持，对我们的师生也是一种特别的鼓励。您放心，没别的意思，上午您就去我们学校走走看看，和老师学生见个面，说几句鼓励的话。中午我们去镇上吃饭，伶仃洋边上。吃完饭，到海边看看。您昨晚也说在西山寺看到伶仃洋了，远观与近看，那总是不一样的。到了晚上，小范围吃个饭，主要是您和专家交流，您有什么问题，尽管问他，铁城那些边边角角的历史，也只有他知道了。不瞒您说，他的书，我也看过两本，那还是蛮有意思的。铁城地方小，人才还是出了不少。民国时期，出过一个总统、四个副总理，那是不得了的事情。闲扯了一会儿，王竟力接了个电话。放下电话，王竟力说，苏教授，车快到了，我们先去学校转转吧。苏植苓说，好的，听您安排。他将木刻星象图递给王竟力说，这次来得匆忙，也没给您带什么礼物。这个还是前几天在北京开会发的纪念品，倒也有些意思，送给您做个纪念。接过礼物，王竟力说，苏教授，您真是太客气了，您看，我都没有给您准备礼物。苏植苓说，我这个事情，要麻烦您了。王竟力说，能为苏教授办点事，那是我们的荣幸。

等车来了，苏植苓和王竟力去了铁城科技大学。这所大学，苏植苓以前没有听说过。从北京过来之前，别人给了他两位老师的电话，他没想过要用上。让苏植苓意外的是铁城科技大学校园居然不错，设计颇有水准，一点没有地方大学的局促气，甚至可以说得上古朴敦厚。校园里有不少雕塑，虽然看得出是模仿古希腊和欧洲文艺复兴时期的风格，艺术性却也不差。这让苏植苓印象好了些。在校园里转了一圈，王竟力带苏植苓去办公室坐了一会儿，和院长聊了几句天。院长介绍了学院的基本情况，别的倒也没说什么，大概是明白苏植苓的资源他们用不上，也就懒得说了。他想见苏植苓，更多的可能真是出自对同行的钦佩。中午吃过饭，王竟力带他去了伶仃洋边上，海浪昏黄，全然不是烟墩山上看到的那样一团白气。岸边的礁石缝里，一堆堆红白相间的垃圾。海水平静，几乎没有波澜，狭长海岛茕茕孑立，青黝的一条线。这些，苏植苓没什么兴趣，近看这个海，实在有些难看。他有点担心，怕晚上的聚会出状况。王竟力看上去大大咧咧的，不像个严谨的科学家，倒有些政客的气息。王竟力说找好了专家，这个专家专到什么程度，能不能解决他的问题，他一点把握都没有。不过，事已至此，那也只能顺着走下去。再坏，也不会比自己到处乱碰的情况坏了。

傍晚，到了约定的地方，一家私房菜馆，环境不错，带个小院子。逛了一天，苏植苓腿有点酸，他和王竟力坐在院子里喝茶。王竟力看了看表说，约的六点半，还有个把小时，我们先喝杯茶。王竟力问起苏植苓和铁城的渊源，苏植苓说，据说祖上是在铁城，具体情况我不太清楚，毕竟那么多年了。王竟力说，铁城老城区原住民姓苏的少，镇上倒是有苏姓的。苏植苓说，说不定我祖上在镇里。想了想，苏植苓对王竟力说，王教授，今晚请的专家是铁城本地人吗？王竟力说，土生土长的土著，研究铁城文化四五十年，全世界怕是没人比他更懂铁城了。苏植苓说，那我就放心了。王竟力说，如果他搞不清楚，您也就别费力了，没用的。这些年，铁城发展太快了，除了这个名字，什么都没剩下。喝了口茶，王竟力说，对了，提醒下您，看到他别觉得奇怪。王竟力这么一说，苏植苓好奇心上来了，问，为什么会觉得奇怪？王竟力说，这老头儿胖，五大三粗，像个杀猪的，全然没一点读书人的样子。苏植苓说，那倒也有趣。两人正说话间，一个胖头陀般的汉子晃了进来。见到汉子，王竟力说，真是背后说不得人坏话，说曹操曹操到。说罢，他起身打招呼，陈老师，好久没见了。胖头陀笑嘻嘻道，这么久没见，都还活着，不容易不容易。苏植苓扫了胖头陀一眼：光头，油光闪亮，脖子上两道肉褶子，脸色红润，像是刚喝过了酒；手鼓鼓囊囊的，熊掌一般；肚子摇摇晃晃地挺出来，从上看能遮住脚尖。王竟力侧过身，给苏植苓介绍道，这是陈寂深老师，研究铁城的大行家，一肚子掌故。陈寂深一张大脸连连晃起来，我算什么狗屁行家，从小在铁城摸爬滚打，听了几个故事而已。王竟力又给陈寂深介绍，这是苏植苓教授，从日本回来的，祖籍铁城。说出来吓死你，苏教授是国际著名的天体物理学家，迟早要得诺贝尔奖的。王竟力介绍完，苏植苓连连摆手说，夸张了夸张了。倒是陈寂深淡定，他说，什么奖不奖的，都是人设人得，我看也没有那么了不起，苏教授还不一定看得上。说罢，他哈哈笑一阵，又道，我就看不上，反正我又得不到。陈寂深说完，三人都笑了。在院子里闲扯了一会儿，上桌吃饭。

上了菜，王竟力开了酒。苏植苓连忙说，我不喝酒，喝不得。王竟力放下手里的白酒瓶说，喝不得白的喝点红的，总归要喝一点。你是不知道陈老师的脾气,喝了酒,堆堆的故事,没喝多他舍不得讲。苏植苓只得倒了杯红酒,小口小口地抿,带着客气和小心。他看着陈寂深,一个胖头陀,大口喝酒,大口吃肉,身体里的油像是要从衣服里冒出来。苏植苓担心他的皮肤捆不住,那一坨脂肪要是摊开,得占不少地方。他不太相信陈寂深懂铁城,他怀疑王竟力随便找了个人来忽悠他,这种感觉不太好。眼看陈寂深快要喝多了,苏植苓不得不放下酒杯,拉了拉王竟力的袖子小声说,王教授,陈老师要喝多了吧?王竟力说,放心,他没事。说完,像是想起了什么,又说,对了,你的事情你问他,直接问,不要藏着,也别不好意思。苏植苓举起杯子,和陈寂深碰了下说,陈老师,不瞒您说,这次回来,我有个任务,给沈先生扫个墓,顺便把我爷爷写的祭文给烧了。陈寂深说,明白,他们和我说过了。苏植苓说,你看,我对铁城不熟,资料也缺乏,确实不知道从哪里下手,您能不能指点一二?陈寂深擦了擦嘴说,你太奶奶是日本人吧?陈寂深说完,苏植苓愣了一下,点了点头。陈寂深说,那就对了。你姓苏,找沈先生,你太奶奶是日本人,故事就全了。桌子上的人看着陈寂深。陈寂深慢悠悠地说,苏教授这次回来,故事该有个大结局了。

　　沈先生还记得那晚,月色很好,微薄的云层时不时遮住月亮,烟雾似的飘过去。他正坐在院子里喝茶,茶几上摆了时鲜的水果,一碟枇杷,一碟切了片的洋桃。沈先生喜欢院子里那棵枇杷树,一到了季,结得用力,果也大,有初生鸡蛋大小。不说吃,黄澄澄地摆在盘里,看着也舒服。剥了皮,放进嘴里,鲜甜多汁,那清爽的口感,扎实甘甜,人也干净。沈先生肺不好,经常咳嗽,特别是春季,每天晚上咳得厉害。都说枇杷润肺,这树枇杷先尽着沈先生。沈先生不以为然。当季的水果，不吃就坏了，沈先生让人摘下来，分出去，不担独占这一树枇杷的名。家人都笑沈先生迂腐，说一说的事情，这么当真，真是读书读坏了。沈先生也不恼，坏就坏了，科举废了快二十年，也不指望读书进士。这两年，铁城兵荒马乱，匪盗四起，打家劫舍的事情时有发生。沈先生原本是个读书人，教书为业，却不得不干起了武人的事业。

沈先生吃了三个枇杷，又喝了杯茶。听到门外有敲门声，沈先生起身，走到门口，打开门，看到一个妇女带着两个孩子站在门外。那妇女的装束和眉眼，不太像铁城人。沈先生问，你找谁？女子低眉顺眼地说，我找沈先生。听到女子的口音，沈先生确信女子不是铁城人。沈先生侧过身，把女子让进院子，又让家人摆了茶。他问，你找我有什么事吗？女子说，我想请先生教我两个孩子读书。沈先生看了两个孩子一眼说，读书送学堂就好了，不必来找我。女子说，我听说过先生的学问文章，也知道先生带学生。沈先生说，那不是学生，那是我家族的子弟。女子说，先生既然开馆收徒，又何必限于家里子弟？沈先生看了女子一眼，脸色平平淡淡的，不卑不亢，谈吐之间和铁城女子的柔顺似有不同。沈先生问，这是哪家的孩子？看着眼生。女子笑了下，要是先生肯收下这两个学生，我自然会告诉先生这是哪家的孩子。沈先生想了想说，这个时节，还有大人想着送孩子读书，也不容易，学生我收下了。女子弯腰鞠躬，谢过沈先生说，那以后要先生费心了。沈先生说，你还没告诉我这是哪家的孩子。女子说，苏家的，苏三炮。女子说完，沈先生脸色一变，你就是那个日本女人？女子微微颔首道，远藤静子，先生叫我静子就好了。沈先生说，荒唐，我怎么能收海盗的儿子做学生？

其时大清朝亡了，局势失控，各地豪强林立，中国乱得像一团麻。整个中国都乱了，铁城虽然偏远，也没好到哪里去。不光山上有小股土匪，海上也有了海盗。山上的还好说，多是本地的匪帮，不成规模，顶多干干拦路劫径的勾当。海上的就麻烦了，聚集的多是亡命之徒，极少有本地人。铁城上次出现大规模的海盗还要追溯到明朝。那时，东南沿海一带出现严重的倭患，他们烧杀抢掠，动静大到惊动了朝廷。福建一带倭患最为严重，到铁城的虽是小股，这种流窜犯却也难搞，铁城的百姓苦不堪言。没想到的是几百年后，铁城又来了海盗，领头的正是苏三炮。据说苏三炮是从沈阳过来的，日俄战争之后，俄国战败，撤出了东北，日本势力在东北迅速扩张。苏三炮那时还年轻，他搞了个日本女人，据说是日本军官的女儿。东北不能待了，苏三炮带着日本女人一路南下，在伶仃洋上做起了海盗。伶仃洋上岛屿众多，苏三炮带着一帮兄弟横行海上，不光抢劫海上过往的船只，也抢地上的人家。最严重的时候，他还攻打过铁城县城。那一仗，沈先生还记得。天还没亮，苏三炮派到城里的海盗偷偷开了城门，苏三炮带着两百多个海盗杀进了县城。等城里的守军反应过来，慌慌张张地组织抵抗，已经来不及了。海盗砍瓜切菜般把守军打得落花流水，作鸟兽散。沈先生跑到街上，只看到拿着长刀冲杀的海盗和四散的百姓。不到三个时辰，海盗把县城洗劫一空，迅速退回到伶仃洋。也是那一仗，让沈先生下定决心组建民团，官府是靠不上了。那几年，沈先生带着民团剿过匪，效果显著。山上的土匪本就不成规模，一打一劝，土匪下山从了良。沈先生头疼的是海盗。他们平时待在海上，伶仃洋上那么多岛屿，鬼知道他们躲在哪里。就算知道，凭沈先生手上的那几条破渔船，也不是海盗的对手。沈先生出过海，他想找苏三炮谈谈。

在海上转悠了几天，沈先生晒黑了，皮脱了一层，连海盗的影子也没见到。他没找到海盗，海盗的女人却找到他了。

　　沈先生看了看两个孩子问，你真是苏三炮的家里人？远藤静子说，又不是什么清白声誉，哪个想顶冒？沈先生说，你好大的胆子，苏三炮四处作恶，我恨不得杀了他，你居然敢带着两个孩子过来，还想做我学生。远藤静子说，苏三炮虽然是个海盗，我却不想把孩子耽误了。我打听过，先生的学问人品在铁城有口皆碑，能拜在先生门下，那是孩子的福气。沈先生说，你为什么要告诉我这是苏三炮的孩子？远藤静子说，我不想骗先生。沈先生长叹了一口气说，冤家，也是荒唐。你把孩子带回去吧，铁城人对苏三炮恨之入骨，要知道这俩是他的孩子，那还不得把他们吃了。远藤静子微微笑了笑说，只要先生愿意收下这两个学生，别的我不担心。沈先生说，这话怎么讲？远藤静子说，普通百姓，哪个敢杀人？再说了，要是真被杀了，那也是他们的命，我不怪先生。想了想，沈先生说，我可以收下这两个学生，但我想见苏三炮。远藤静子说，只要先生肯收，这事我来安排。沈先生说，那好，孩子我留下，住我家里。你回去，没事不要来，招风声。远藤静子说，那谢谢先生了。说罢，拿了三根金条递给沈先生，我知道先生不图钱，但做学生总要有做学生的规矩。沈先生看了金条一眼说，也不知道是哪家的血汗，你拿回去吧。远藤静子收回金条，摘下手镯说，这个是我祖上传下的，干净。沈先生脸色一变，你把我看成什么人了？远藤静子看着沈先生说，如果先生什么也不要，我心里过意不去。沈先生说，我说过了，我想见苏三炮。送走远藤静子，沈先生回过头对两个孩子说，记住，不要跟任何人说你们的爹是苏三炮。

　　隔了半月，远藤静子来了，还是月夜。见到远藤静子，沈先生说，两个孩子资质不错，落在海盗窝里，可惜了。远藤静子说，幸亏还有先生教导。沈先生说，教了又有什么用，还不是要去做海盗。远藤静子说，先生，那倒不一定了。海盗也不是长久的营生，这是乱世，等天下太平了，海盗自然没了。沈先生说，一时怕是太平不了。远藤静子说，先生，我这次来，是想和你说，三炮想请您过去坐坐。沈先生说，那好。远藤静子说，明天一早，我陪您过去。今天晚了，不打扰先生休息。说罢，她起身准备走。沈先生说，不见见孩子？远藤静子说，在先生这里，我放心，看一眼反倒更惦记。沈先生说，那也好。等远藤静子走了，沈先生在院子里来回踱步。天上一轮明月，地上树影摇晃。他想见见苏三炮，他该说点什么？到了后半夜，沈先生暗自摇了摇头，他发现他想见苏三炮最大的原因是好奇。他打不过苏三炮，也不可能三言两语让苏三炮改了营生，苏三炮为匪作盗十几年，怎么可能听几句话就变了？苏三炮两个孩子倒是资质不错，比自己家族里的子弟要好，这真是讽刺。

　　天一亮，沈先生洗漱完毕，吃过早餐，去开院门。一打开门，看到远藤静子站在门外。沈先生说，什么时候到的，怎么不敲门进来？远藤静子笑了笑说，太早，怕打扰先生。沈先生说，哪里的话，我这个年纪，醒得早。两人到了海边，早有一条船等在那里。沈先生上了船，远藤静子说，先生是读书人，海盗窝里都是一帮莽汉，也不识个礼节，要是有什么冒犯，还望先生海涵。沈先生说，不瞒你说，我想起了戚将军。远藤静子笑了起来，不怕先生笑话，我祖上据说有不少人是被戚将军杀掉的。沈先生说，看来做海盗算是府上的家业。远藤静子说，以前做武士，实在没有办法才做了海盗。后来，也上了岸。沈先生说，听说令尊也是武官。远藤静子眼睛一红，我对不起他。沈先生说，他又何尝对得起我们的百姓？远藤静子说，沈先生，我们今天不说这个。家国的事，我们女人管不了，我不过嫁了个喜欢的人，生了两个孩子。这男人是官是匪，那都是我男人。我把两个孩子送到先生门下受教，也是希望以后有个出路。船在海上走了一个多时辰，靠在一个小岛上。远藤静子对沈先生说，沈先生，到了。上了岸，早有海盗在路边等着。他们见到远藤静子，恭恭敬敬的，有些畏惧的神色。到了半山，沈先生看到一个身影远远地迎了过来。等人近了，沈先生看清是一个高瘦的中年人，脸上胡子刮得干净，青黑的板寸紧紧贴着头皮，眼睛里发出凌厉的光来，不见得凶悍，但是有股慑人的气劲。见到男人，远藤静子说，三炮，沈先生来了。苏三炮作了个揖说，麻烦沈先生到岛上来，还请先生见谅。沈先生看了看苏三炮，不过像个精干的渔民，你就是苏三炮？苏三炮说，怕是让先生失望了。沈先生说，有点意外。苏三炮说，恶人坏人不单是个外相，有些恶人看相倒比好人还要周正些。沈先生说，也有这个道理。

把沈先生迎进山林中的窝棚，苏三炮说，沈先生，环境简陋，还请您多担待。从外面进来时，沈先生留意到，海盗生活条件简陋，和岸上比，差了不少。苏三炮住的这间，算是好的，也不过是几块毡布拉起来，摆了张桌子和几条长凳。远藤静子端了茶杯进来，给沈先生泡茶。苏三炮给沈先生敬过茶说，听静子讲，先生想见我。沈先生说，你应该知道，这几年我一直在剿匪。苏三炮说，知道。其实，我见过先生，只是先生没见过我。沈先生说，这也不稀奇，我在明处，你在暗处。苏三炮说，先生这次来有什么指教？沈先生说，指教不敢，我打不过你，想看看你什么样子，死也死在明处。苏三炮说，我知道先生看不起我，恨不得杀了我。可我想问下先生，我到底做了什么罪大恶极的事？沈先生说，沿海的百姓没少受你的苦。苏三炮说，先生可知道我这名字的由来？沈先生说，听过。苏三炮每次上岸，先放三炮。听到三声炮响，都知道是苏三炮来了。苏三炮说，说起来我是海盗，三声炮响之后，我上岸能抢到什么东西？更不要说伤人了。我抢的船只，要么是官船，要么是外国的船。不信，你回去问问岸边的渔民，苏三炮什么时候抢过他们的船？我要是放开来抢，兄弟们也不至于活得这么窝囊。全世界的海盗，哪见过穷成这样的？沈先生说，你打过县城，杀了人。苏三炮说，我十几个兄弟关在牢里，我不能不管。沈先生说，你不该杀人。苏三炮说，我打的是官兵，不打他们，我救不了我的兄弟。沈先生冷笑一声，这么说来，你倒是侠义了。苏三炮说，这个名声我不敢当。古人说，宁为盛世犬，不做乱世人。碰上这个世道，我做这个，也只讨了个生活。先生要是不信，你去问问我这帮兄弟，哪个肚子里没有一江苦水，哪个不是活不下去才落了草？沈先生说，我不听你讲这个，你进了铁城，我就要打你，打不赢也要打。苏三炮说，沈先生，难得你来一次，今天不谈这个。你是先生，我敬你。一早我让人去岸上买了鸡鹅回来，置了酒席，想请先生吃个饭。沈先生说，我看不必了。苏三炮说，沈先生，我虽然是个海盗，道理还是懂一点。你愿意收我两个孩子做学生，我感激不尽。就算哪天，你把我抓起来，送到牢里面，这份恩情我也永世不忘。

酒席摆在林间的空地上，桌上一碗碗肥壮的鸡鹅，少不了各色的鱼虾蟹。海盗见到沈先生，都站起来，喊"沈先生"。苏三炮和远藤静子在沈先生一左一右坐下，端了酒杯。沈先生抬头望过去，伶仃洋上波涛平静，日光照在海面上，波光闪烁。沈先生举起酒杯说，这是文状元的伶仃洋啊，都说崖山之后无中华，这国怕是真的要亡了。苏三炮说，只要还有先生这样的人，这国亡不了。沈先生说，百无一用是书生，我能做个什么？连一方平安都保不了。苏三炮举起酒杯说，先生，这酒敬你。沈先生一饮而尽。远藤静子给沈先生加满，又给自己倒了一杯，双手端起酒杯，突然跪了下来说，知道先生为难，还请先生费心。沈先生连忙扶起远藤静子说，你这是做什么？远藤静子说，你收了海盗的儿子，迟早毁了你的名节。沈先生说，不管谁家的孩子，到了我那里，就是我的学生。我自然比不得孔圣人，但也算是读过圣贤书的，一事归一事。那天，沈先生大醉。他们从中午喝到太阳掉进海里，沈先生吐了两次。苏三炮对沈先生说，先生，别喝了。沈先生大叫，拿酒来！喝到最后，沈先生眼睛血红，指着苏三炮说，你是海盗。苏三炮说，我是海盗。沈先生指着自己说，我是教书先生。苏三炮说，你是先生。沈先生说，我一个教书先生难道不比海盗懂得事理？苏三炮说，先生自然是懂的。沈先生说，有天我要是死在你手里，倒也是圆满了。苏三炮说，先生，你喝多了。沈先生说，我给两个孩子取个名字吧。苏三炮说，那感谢先生了，还劳先生赐名。沈先生说，大的立德，小的立仁，你看如何？苏三炮说，好。他倒上酒，敬沈先生，谢先生赐名。沈先生醉了。等他醒来，已是三更。他出了帐篷，岛上月光正浓，波涛一声一声。沈先生望着崖山方向，潸然泪下。

喝了杯酒，陈寂深晃了晃油光闪闪的肉脑袋，望着苏植苓说，你爷爷叫什么名字？苏植苓说，苏立德。陈寂深说，那是老大。这些事情你听他讲过没有？苏植苓说，没有，爷爷过世时我还小。陈寂深说，那真是太遗憾了，本来应该有些好故事的。我说的这些，和你太爷爷，也就是苏三炮有些关系。你爷爷那一辈的事情，后面没有记录,没人知道,只知道你太爷爷带着你爷爷他们去了日本。苏植苓说,你讲的这些,我也是第一次听说。真没想到,我祖上竟然是海盗。陈寂深说,你爷爷不愿讲,恐怕和这个也有关系,毕竟说起来还是不太光彩。苏植苓说,都是陈年往事了,说起来也是传奇,无所谓光不光彩的,当故事听就好了。陈寂深说,你能这么想,好得很。你这次回来,真是烧个祭文,没别的事?苏植苓说,确实没别的事。陈寂深说,我有个不情之请,苏教授方不方便把祭文给我看看?苏植苓说,陈老师,这个恐怕不行。家父有交代,烧了即可,我想看一眼,家父也不让。陈寂深说,这样,理解,理解。不过,大致的内容,我应该能猜出来。昨天晚上,接到电话,我就想你应该是苏三炮的后人。沈先生死去多年,能记得沈先生的人,铁城怕是没有了。也不奇怪,毕竟在铁城历史上,沈先生算不得什么重要人物。别说他没有功名,就是有个进士的功名,也要被后人冲淡了。铁城的名人,主要出在民国,这些年铁城政府也主要围着这些人做文章,像沈先生这种连秀才都不是的读书人,还有哪个会记得?陈寂深说完,苏植苓说,听陈老师这一讲,我倒是对沈先生有些兴趣。陈寂深说,我说的这些,其实也没有经过严格考证,沈先生后人也还在,说起沈先生的故事,他们也是将信将疑。毕竟好些年前的事,过了三代,没人记得,人就真的死了。大致上,沈先生是个读书人,据说学问极好,参加过县试,却连秀才都没考上。再后来,科举废除,沈先生年纪也大了,新式学问做不来,也没那个心劲。他的那点故事,主要和你太爷爷有关,海盗和读书人牵扯到一起,那是有意思得很。当然,沈先生组织过民团,打过土匪,这个县志有过几句记载。苏植苓说,陈老师,您知道沈先生埋在哪里吗?我去把祭文烧了,了了我爷爷的心愿,也算完成一件大事。陈寂深说，大致的位置是知道的，不过，要找到准确位置，还要花点时间。这样，明天让王教授陪你去崖山转转，感受一下。我去找找沈先生后人，搞清楚位置。后天，我陪你一起去拜祭，给老先生烧个纸，算是后学的一点敬意。

从海岛回来，沈先生埋头教书，懒得理外界的事情。科举早停了，眼下学校教的都是新式学问，沈先生不懂，他还是教他的古书。每次看到苏三炮的两个孩子，沈先生便会忍不住问自己，为什么要教这两个孩子？想归想，他对苏立德苏立仁两兄弟要求更严格些，令他们不要再回到海上了，不要再做贼。他想起苏三炮在岛上和他说的话，把孩子送给他，等于放了两个人质在他手里。他不要命，两个孩子的命他要。等到学生都散了，各自回家。偶尔，沈先生会对两个孩子说，人立于天地之间，须清白正气。没有了这口气，活着和死了又有什么分别？他从来没向两个孩子问过苏三炮的事情，如果他问，他想他们会说的。每个月，到了月圆，远藤静子就来看孩子。她到的时候，沈先生多是刚吃过晚饭，坐在院子里乘凉。南方的气候，一年四季，多数是热的，只有两个月略冷，不过是多加两件衣衫。刚开始，沈先生以为是凑巧，后来发现了，知道远藤静子特意等他吃完饭再过来。沈先生说，你过来看孩子，一起吃个饭，就不要在外面吃了。远藤静子说，已经打扰先生了，不好太过打扰。沈先生说，哪里的话，加副碗筷而已。沈先生说过了，下次再来，还是那个时候，沈先生便不说了。远藤静子过来，沈先生把两个孩子带出来，自己走开。见到母亲，两个孩子面露喜色，看得出高兴来，动作上却也规矩有礼。看看孩子，说上几句，远藤静子让他们去找沈先生。沈先生过来时，远藤静子多半静静坐着，身子挺直，一派端庄。见了沈先生，起身弯腰鞠躬。沈先生说，你也不必太客气了。两人说一会儿闲话。远藤静子从不问孩子的状况，沈先生说起，她听着。有次过来，远藤静子带了两块玉，还有一尊青铜佛像。沈先生说，你这是干什么？都说过了的。远藤静子说，先生有先生的意思，我不能失礼，还请先生收下。沈先生说，太贵重了，看这玉的成色，怕是汉代的东西，这佛像该是南北朝的吧？远藤静子说，先生好眼力，这些东西到先生这里，算是落到了好处。放我手上，谁知道哪天到哪里去了。沈先生连连摆手，这么贵重的东西我不能收。远藤静子说，先生言重了，都说乱世黄金盛世收藏，现世这些东西也值不了几个钱，送给先生是个意思。沈先生还在推辞，远藤静子说，先生硬是不收，我只能带着两个孩子回到海上了。沈先生看了远藤静子一眼说，那我先帮你收着。远藤静子说，多谢先生了。沈先生送过远藤静子一次东西。那是次年春天，树上的枇杷熟了。远藤静子看过孩子，准备走，沈先生说，我也没什么东西送你，正好枇杷熟了，这果子结得可人，甜润。我给你摘一点。远藤静子说，那谢谢先生了。沈先生摘了一些枇杷，递给远藤静子说，你带回去，孩子在我这里，你放心。远藤静子接过枇杷，看了看沈先生的院子说，这个乱世，沈先生还有一个院子，多少人羡慕不来。沈先生说，说起这个院子，也是祖上传下来的，守着这点祖业，心里就安定了。院子里除开枇杷，还种了两棵芭蕉，叶子青绿宽大，漂亮得很，入得画来。枇杷树下，一方石桌，四个石墩，沈先生常在那里喝茶。远藤静子说，等哪天安定下来，我也要找个院子，种上两棵枇杷，学学先生的样子。沈先生笑，这也不是什么难事。远藤静子说，一时怕是实现不了。说罢，拿了枇杷，和沈先生道别。

　　两三年时间，铁城稍稍太平了些。苏三炮没有上岸，他带着海盗在伶仃洋上讨生活。再后来，官府和苏三炮打了起来。官府的人找到沈先生，对沈先生说，沈先生，政府准备打击海盗，苏三炮越来越猖狂了，专抢外国的船，外国的船哪是能抢得的？也不想想大清是怎么亡的。沈先生说，你们官家的事，我一个平头百姓管不了。来人说，先生的民团以前也是出过力的。沈先生说，这两年铁城没了匪患，民团散了。来人说，只要先生一句话，队伍还能组织起来。沈先生说，我老了，没有力气了，你们另请高明吧。来人走了，沈先生隐隐有点担心，远藤静子有四个月没来了，不会是出了什么事情吧？又过了个把月，黑漆漆一个夜里，沈先生听到了叩门声，他赶紧披着衣服起来，快步走到门边问，谁？是我，沈先生。沈先生连忙打开门，让远藤静子进来。刚坐下，沈先生准备去叫两个孩子。远藤静子说，沈先生，先不忙叫孩子，我有几句话想跟你说。沈先生坐下，看了看远藤静子说，几个月没来，我还怕你出了什么事情。远藤静子说，有些事情先生想必听说了。沈先生点点头。远藤静子说，这几年辛苦先生教导，今晚我要把立德立仁带走。沈先生说，两个孩子在这儿好好的，怎么想到要带走？远藤静子说，三炮和官府打了几仗，孩子在这里迟早连累先生。沈先生说，我这把老骨头，虽说不值钱，也不见得有人敢动我。远藤静子说，万一先生有什么事，我心里过意不去。沈先生说，你有没有想过两个孩子？远藤静子说，先生此话怎讲？沈先生说，他们要是跟你回去，被官府抓住了，都是匪盗，不说杀头，怕也难得安身。远藤静子说，想过，那也是他们的命。沈先生说，你走吧，我不同意你带他们走。他们一天是我的学生，我一天不让他们做强盗。远藤静子跪下来，对沈先生说，先生，那两个孩子就托付给你了。要是我和三炮都不在了，你让他们去沈阳找外公。沈先生扶起远藤静子说，真有那天，我把他们当沈家子弟养他们成人。远藤静子喝了口茶说，我这次来，是想和先生道别，以后怕是没机会见了。沈先生说，凡事往好处想，总有转机。远藤静子说，这次恐怕不行，三炮过些天要攻打县城。沈先生端着茶杯的手微微一颤，又打？远藤静子说，不能不打，官府和三炮在海上打了几仗，抓了他二十几个兄弟，说是过些天要杀头。沈先生吹了吹茶沫，正色说，三炮不上岸我不打他，他上岸我必须打。远藤静子说，先生，你打不过的，官家的事，你还是不要插手了。沈先生说，你告诉苏三炮，无论哪朝哪代，为匪作盗总是不对。各人有各人的苦处，不能说有苦处就去作歹，他手下被抓的，也没有谁被冤枉。你让他走，不要再来铁城。远藤静子说，打完这一仗，如果还活着，我们就走。就这样走，我们走不了。沈先生说，那我在铁城等他。远藤静子说，那麻烦先生把立德立仁叫来，我带他们走。沈先生摆摆手说，你走，孩子暂且放在这里。在我这里，总比在你那里安全。如果我死了，自然有人把孩子给你送过去。如果你们有个三长两短，我养他们成人。远藤静子又给沈先生鞠了一躬，转身出门。屋外，黑漆漆一团。沈先生关上门，隐隐觉得有点冷。这一天，终于还是来了。

第二天天亮，沈先生把苏立德苏立仁叫到面前说，这些天，你们哪里都不要去，待在家里。又对家人交代，看紧这两个孩子，无论发生什么事，都不要让他们出门。交代完，沈先生去了祠堂，他要通知族人。一连几天，铁城和往常一样，平平静静的，沈先生心里一阵阵发紧。每天晚上，沈先生都睡不着，几乎是强睁着眼睛直到天亮。苏三炮，来吧，我在等你。沈先生一次次默念。苏三炮进城的那天，依然是悄悄的。城门打开，他们带着刀枪杀进城来。听到外面的喧嚣嘈杂,沈先生赶紧起身。苏三炮带着队伍径直杀到监狱门前,离监狱越来越近,他看到了沈先生,孤零零地站在路上。队伍停了下来,苏三炮望着沈先生说,沈先生,请你让开。沈先生说,你要劫狱,除非先把我杀了。苏三炮说,沈先生,我不杀你,请你让开。沈先生说,你不杀我,你过不去。苏三炮说,沈先生,你不走,死的人更多,我没有时间。沈先生说,你回去。苏三炮说,我回不了。沈先生说,我也走不了。苏三炮说,沈先生,那对不起了。他对身边的人说,把沈先生请走。三个大汉冲过去,架住沈先生,拖开。沈先生挣扎着大叫,苏三炮,你杀了我,杀了我!海盗冲进了监狱,里面传来零星的枪响,还有惊乱的叫喊。一会儿,苏三炮带着队伍冲了出来。到了海边,苏三炮让人松开沈先生说,沈先生,对不起。沈先生说,你还不如杀了我。苏三炮说,你是先生,我不能杀先生。沈先生说,你这和杀了我有什么区别?苏三炮说,我杀的是官兵,我没动先生的人,也没看到先生的人。沈先生说,我不能让他们白白送死。苏三炮跪在地上,给沈先生磕了三个头说,先生,你多保重。说罢,他带着队伍上了船。看着船开走,沈先生闭上了眼睛。回到家里,沈先生一副失魂落魄的样子。在院子里坐了一会儿,沈先生把苏立德苏立仁叫到面前说,你们两个该回去了,这里你们不能待了。他在等着远藤静子。

又是一个明晃晃的月夜,沈先生听到了叩门声。他打开门,远藤静子闪进院里。沈先生正想关门,远藤静子说,先生,还有一个人。沈先生说,让他进来吧。三个人在院子里坐下,苏三炮说,对不起先生。沈先生摆摆手说,算了,过去的事不提了,我是老朽了。远藤静子说,先生,我们要走了。沈先生说,去哪里?苏三炮说,离开铁城,去日本。沈先生说,也好,走了也好。你们等等,我叫两个孩子出来。沈先生打好了包裹,带着两个孩子出来。苏三炮说,先生的恩情我们永世不忘。说罢,他带着远藤静子和两个孩子给沈先生磕头。沈先生说,赶紧走吧,再也不要回来,找个安生的地方,不要再做强盗了。回到船上,苏立德对远藤静子说,妈,先生交代,要把这个包裹给你。远藤静子打开包裹,看到是她送给沈先生的两块玉、青铜佛像,还有一封信。读完信,远藤静子对苏三炮说,三炮,我们对不起沈先生。

吃完饭,回到酒店,苏植苓给苏思木打了个电话,把陈寂深讲的故事和苏思木讲了一遍。听完,苏思木说,明天记得把祭文烧了。苏植苓问,爸,爷爷的祭文里写了什么?苏思木说,你别管。苏植苓问,我们家祖上真的做过海盗?苏思木说,做过。苏植苓说,真没想到。苏思木说,我以为你能想到。苏植苓说,你从来没给我讲过。苏思木说,你看过《惶碌之兵》的。苏思木说完,苏植苓一下子明白了。《惶碌之兵》是苏思木写的一本小说,在苏思木写过的书中,这本不太受关注,评论界认为这是一部失败的小说,故事虽然离奇荒诞,却过于松散,也不够深刻。苏植苓读那本书,也是当传奇故事来读。他想起那本书中有一个海盗,杀死了当地最有名的读书人,然后被诅咒了,在逃亡日本的海上,被飓风吞没。他死后,化身为海怪,日日夜夜对着大陆咆哮。身为海怪,它却不能见水,一旦入水,全身如同刀砍斧劈,剧痛不已。然而,这只海怪只能在海水里捕食,不然它会饿死。为了活下去,它必须捕食,日复一日,它在痛苦中终日咆哮。如果要解除诅咒,它必须游过大海,在读书人的坟前砍下尾巴,从而再次转世为人。

和王竟力去崖山的路上,苏植苓突然想起了小时候见过的一幅画像。画上是干干瘦瘦的一个老人,眼窝深陷,慈眉善目。画像是黑白的,摆在香案上,爷爷时常上香拜祭。苏植苓问过爷爷,那是谁?爷爷说,那是爷爷的先生。等爷爷过世,这幅画像要伴着爷爷入土为安。他想,那可能是沈先生。这么说来,他也是见过沈先生的。到了崖山,王竟力站在山崖上,望着出海口说,这个地方也是有故事的,不知道苏教授听说过没?苏植苓说,大约知道一点。王竟力说,当年崖山海战后,南宋算是亡了,陆秀夫背着少帝赵昺跳海自杀,十万军民在此殉国。你看看这海水里,藏了多少血骨。苏植苓想象了一下,身上发冷。十万人,海上绵延不尽的尸体。王竟力说,昨天我们去了伶仃洋,当年文天祥过了伶仃洋,很快被俘,被押解到元大都,就是今天的北京。元世祖忽必烈亲自劝降,还承诺让他做中书宰相。文天祥宁死不屈,后来被杀。从崖山回铁城的路上,王竟力接到了陈寂深的电话。挂了电话,王竟力对苏植苓说,沈先生的墓找到了。苏植苓说,那太好了,真是麻烦陈老师了。王竟力说,苏教授,有个不好的消息。苏植苓说,什么消息?王竟力说,先不说了,到了再说吧。我们先去跟陈老师会合。和陈寂深碰了头,苏植苓说,太感谢陈老师了。陈寂深说,先别忙着谢,我带你去看看吧。又开了半个小时的车,出了铁城城区,车停在一块开阔的工地前,四五台挖土机正在施工。陈寂深下了车,苏植苓和王竟力也下了车。陈寂深点了根烟,苏植苓望着他说,陈老师带我来这里干什么?陈寂深吸了口烟说,沈先生的墓就在这里。苏植苓愣住了。陈寂深说,这里原本是一处山坡,沈家的祖坟在这里。据沈家后人讲,沈先生和他们祖辈都埋在这儿。后来的人,基本都是火化,政府不让土葬。前两年搞开发,这块山地被圈了进来。你要是早一年回来,还能见见沈先生的墓。现在,你也看到了,推平了。在工地站了一会儿,苏植苓说,陈老师,我有个问题想请教你。陈寂深说，你讲。苏植苓说，昨天你说，苏三炮劫狱之后，放走了沈先生，是真的吗？陈寂深说，应该没错。苏植苓又问，不是苏三炮杀了沈先生？陈寂深连连摇头说，怎么会？苏三炮虽然是个海盗，也是认先生的。为什么这么问？苏植苓说，那沈先生怎么死的？陈寂深说，跳崖死的。苏植苓说，跳崖？陈寂深说，苏三炮劫完狱，解散了队伍，带着远藤静子和两个孩子辗转去了日本。过了不到两个月，沈先生就跳崖死了。苏植苓说，哪里的崖？陈寂深说，你刚去过了，崖山。苏植苓一阵沉默。陈寂深说，苏教授，有个事情我很好奇，想问问你，不知道方不方便？苏植苓说，陈老师尽管问。陈寂深说，关于沈先生和苏三炮的故事，我知道的到苏三炮去了日本就结束了。后来怎样？苏植苓说，这个我确实不知道，可能我爷爷还知道一些，他没有给我讲过。陈寂深说，那算了——这祭文还烧吗？苏植苓说，去崖山。

　　离开铁城那天，苏植苓请王竟力和陈寂深吃了顿饭，聊表谢意。陈寂深对苏植苓说，苏教授有时间多回铁城看看，铁城虽然不是你的故土，毕竟也有一段渊源。苏植苓说，那是自然，这次回来，如果不是陈老师帮忙，我真不知道从哪里下手。陈寂深说，一点小事，不足挂齿。苏植苓说，对陈老师来说是件小事，对我来说却是大事，算是了了我爷爷的心愿，我也了解了我祖上的一些故事，这些千金难买。两天前，陈寂深和王竟力陪着苏植苓再次去了崖山，在崖山上，苏植苓烧了祭文。烧完祭文，他站在崖山上，给苏思木打了个电话，告诉苏思木，祭文烧了。苏思木说，烧了就好，总算完成你爷爷的心愿了。苏植苓拍了段视频给苏思木，告诉他，沈先生就是从这里跳下去的，尸体有没有找到没人知道。苏思木问，那两块玉给了沈先生后人吧？苏植苓说，没有。苏思木问，没找到沈先生后人?苏植苓说,找到了。苏思木说,你把它们给沈先生后人,那本就该是他们家的东西。苏植苓望着大海说,我把它们丢海里了。从崖山下来,苏植苓问陈寂深,沈先生叫什么名字?陈寂深回头望着崖山说,沈先生字复观,余不可考。

## 释之先生略记

马一凡爱热闹，他爱热闹是出了名的。他爱的方式和一般人不同，他喜欢和人聊天。喝杯茶，一聊就是几个小时，高兴起来，通宵达旦也是常有的。

人好相处，又有钱，还尽量给自己找乐子，马一凡的朋友不少，除开生意场上的，多半是读书人，说得更准确点儿，是文艺圈的。马一凡喜欢和这些人玩儿——他们能聊。用他生意场上朋友的话说，这就一帮酸臭文人，别的本事没有，就会吹，吹得天花乱坠，真让他们干点事儿，狗屁不会。他们说，马一凡也听，偶尔反驳几句，面带微笑的。生意场上的朋友都说马一凡是儒商，说多了，马一凡心里不舒服了。儒商？就他这副鬼样子，还儒商，也太糟蹋"儒"这个字了。他把"儒"字看得很重，觉得那是学问的意思。马一凡大学读的是法学，在他看来，那是"术"，跟"学"字半毛钱关系没有。

凡事都有原因。马一凡是浙江人，自古以来，江浙文风鼎盛，文人雅士那是一批一批出。巴掌大个城市，一翻开县志，历史书上大名鼎鼎的人数不胜数。即使到了现在，要讲文风，还得提江浙。马一凡在走马镇出生，走马镇是个小镇，依山傍水，镇子里有好几座牌楼，都是镇上有人中了进士后修的。走马镇上，学问好的人不少，文脉一直未断，等关门闭户了，给后辈讲学的老人也不是一个两个，当然和以前是不能比了。

马一凡的太爷爷中过举人，当时政局已经坏了，老先生不愿入仕，在镇上开了个学堂，教孩子们读书，一辈子就这么过去了。就在前些年，马一凡还在家里找到过太爷爷的画，还有书法，纸张发黄了，墨迹却依然清晰。看着那字画，马一凡连连摇头，可惜了。马一凡把太爷爷的字画裱了，请懂书法绘画的朋友来看，都说好，还让马一凡拿出去拍卖。马一凡没同意，他想得比较多。太爷爷字画虽好，毕竟不是名家，这年月，真识货的少，看的都是名头。太爷爷的字画拿去拍，拍不出多少钱来，他不缺这点钱。留着字画在家里，也给后人一点警示，马家也是有文脉的。

这天晚上，马一凡在朋友画室里喝茶聊天。聊了一会儿，马一凡拿起笔，摊开纸，涂抹了几笔。他画的是荷花，大写意。画家在旁边看，偶尔指导下，这笔落得不对，这儿构图可以再调整调整。画了一张，马一凡揉成一团，又摊开张纸，写几个字。马一凡的字写得不算差，用朋友们的话说，出去骗骗人还是可以的。马一凡写完，换了张纸，画家也拿起笔勾几笔。就那几笔，马一凡看出来了，专业人士和业余人士还是有差别的。写写画画，又坐下喝茶。

过了一会儿，马一凡突然站了起来，走到画案边上，摊开张纸，拿笔蘸了蘸墨，望着画家说，你觉得我搞个国学培训班怎样？画家笑了起来说，这个不用你搞，外面现成的就有。马一凡在纸上画了一笔说，我说的不是那种。怎么说呢，我一下子说不清。我觉得重要的是提供一种氛围，而不是真学到什么。听马一凡说完，画家说，你说的这种氛围，现在是找不到了，哪里还有人静得下心来？马一凡又涂了几笔，对画家说，如果有这么一个班，你愿意让你的孩子来不？画家说，那当然好。马一凡放下笔说，我明白了。

　　回到家已经很晚了，老婆孩子都睡了。马一凡翻来覆去睡不着，好在天很快就亮了。等老婆起床，马一凡对老婆说，你还记得释之先生吧？老婆一边做早餐一边问，你说哪个释之先生？马一凡说，还有哪个释之先生，我们镇上的那个。马一凡一说，老婆想起来了，她说，哦，那个释之先生啊，我怎么会不记得。马一凡说，有好久没见过释之先生了。老婆说，你快十年没回去了，怎么突然想起他来了？马一凡没接老婆的话，自顾自地说，像释之先生这种学问人品的怕是快绝迹了。老婆说，你要是不说，我都快忘记他了，你这一说，我想起来了。

　　老婆见过释之先生一次，那还是在结婚前，马一凡带着当时还是女朋友的老婆回家见父母。老婆北方人，见什么都新鲜。马一凡带着老婆满镇子逛，带她看他小时候爬过的院墙、读书的学校、还没来得及拆的小巷子。走到一个巷子口，马一凡停住了，对老婆说，我带你去见个人。马一凡说这话的时候，满脸严肃，语调也低了。老婆笑了起来说，是什么大人物？看你一脸严肃的。马一凡说，古人。老婆就笑了。

　　马一凡牵着老婆的手，往巷子里面走。巷子铺着青石板，青石板有年头了，被踩得油光水滑，要是拿水一洗，怕是能照出人影来。巷子边的墙上，长了斑驳的青苔，还有零星的野草。走到一个小院子门口，马一凡敲了敲门，过了一会儿，里面传来一个声音，谁呀？马一凡说，我，马一凡。哦，一凡啊，你什么时候回来的？马一凡说，前两天回的，来看看马爷。院子门开了，一个妇人站在门口，看了马一凡老婆一眼说，这是你女朋友吧？昨天我还听人说你带女朋友回来了。马一凡拉过老婆说,叫婶子。老婆乖巧地叫了声"婶子"。妇人把二人让进院子,一边走一边说,马爷出去散步去了,大概快回来了,你们先坐一下,我去泡杯茶。马一凡连忙说,婶子,不麻烦了,我们坐一会儿就行。

两个人在院子里坐下。院子边上栽了一排芭蕉,长得又高又大,边上还有几棵梅花,还不到开花的季节。院子不大,除开他们坐的石桌,就剩下一棵高大的刺槐。院墙是青砖的,墙皮已经剥落,看不出原来的颜色。老婆看了马一凡一眼说,一凡,这是老宅子吧?马一凡"嗯"了一声。确实是老宅子了,据马一凡爷爷说,他小时候,这院子就在了。老婆说,你们江南就是精致,我们那儿可跟你们这儿不同。两人坐了一会儿,妇人出来了,端了两杯茶说,你们先喝茶,马爷应该快回来了。

过了一会儿,马一凡听到院子外面有脚步声,他连忙站了起来。一个穿着青衫的老人走了进来,马一凡喊了声,马爷。老人看了看马一凡说,你是?马一凡说,马爷,是我,马一凡。老人张开嘴,"哦"了一声说,是你啊,一凡,什么时候回来的?马一凡回过话。老人招呼马一凡坐下问,怎么想到回来看看?马一凡不好意思地看了老婆一眼,老人笑了起来说,要结婚了?马一凡点了点头。妇人给老人端过杯茶,老人喝了口茶,和马一凡聊了几句,都是些闲话,末了,老人问,字还在练吧?马一凡脸有些红,低声说,练得少了。老人又"哦"了一声说,也是,都忙,手里头哪有这种闲工夫。马一凡说,辜负马爷教导了。老人说,既然来了,到屋里坐坐吧。

进屋,到了书房,光有些暗。老人伸手打开灯,屋子里一下子亮堂起来。马一凡朝四周看了看,房间的陈设和以前的几乎没什么变化。中间是一个长台，台面铺着羊毛毡，边上摆着笔架、砚台、笔洗等一些用具，台面上还有一幅字，看墨迹还新鲜。围着墙壁是深色的檀木书架，凌乱地摆满了书，多是画谱和字帖，线装书也有一些，更多的是各种版本的典籍。老人读的是古书。马一凡跟老人学过一段时间的书法，算是非正式的弟子。老婆拉着马一凡的手，有些好奇，趁老人转过身，吐了下舌头，做了个鬼脸。

马一凡走到案台前，看台面上的字。老人在边上看着马一凡，看了一会儿问，一凡，你看这字如何？马一凡说，马爷的字我不敢评。老人笑了起来说，哪有什么敢不敢的，你说说你的想法。马一凡硬着头皮说，马爷的字是越来越好了。说完，他脸上热了起来。老人转过脸，问马一凡老婆，你觉得这字如何？马一凡老婆说，我不懂书法，怕说不好。老人说，随便说说，又不是出考题。老人说完，马一凡老婆站过来，认真看了一会儿，笑起来说，马爷心情好。老人饶有兴致地问，何以见得？马一凡老婆说，马爷的字有苏黄的影子。苏黄的字写得潇洒尚意，但两人不得志，字里隐约还是有怨气；马爷的字却写得欢快，由此见得马爷心情好。听她说完，老人把字往边上拖了拖，也没说话，却伸手把边上卷好的一卷纸展开。展开一看，是画。摊开几张摆在台面上，老人问，那你觉得这画儿呢？马一凡老婆朝老人一笑说，马爷，我乱说，你别当真。老人微微点了点头。马一凡老婆说，我看马爷的画，有朱耷先生的痕迹。朱耷先生笔墨狂放，意境冷清，那鸟兽虫鱼都变形得厉害，于险处见用心。马爷的笔墨有朱耷先生的意味，心境却是不同。朱耷先生心冷，近乎死，马爷则是静，视万物于无形，有些物我两忘的意思。马一凡老婆说完，马一凡汗都快出来了。老婆是清华毕业的，以前没听说她懂字画。听她这么一说，再看马爷的画，似乎也有些道理。尽管如此，马一凡还是有些紧张，他怕马爷生气。没想到，老人却笑了起来说，一凡，你这对象有些意思，很会说话。听老人这么一说，马一凡心里算是安稳了。老人问马一凡老婆，你读的是哪个学堂？马一凡老婆说，清华大学。老人点点头说，清华的国学也是红极一时的，只可惜后来断了，你还知道这些，不容易。说完，老人对马一凡说，一凡，你要结婚了，我没别的东西送你，送幅画给你吧。马一凡连忙摆手说，马爷，不客气，这么贵重的礼物我不敢收。老人把台面上的画卷起来，又摊开张纸说，乡野村夫，随手涂抹，算不上什么贵重东西，你也别客气了。老人给马一凡画了一幅并蒂莲。画完，老人题了首诗，又认认真真盖上章。盖完章，老人看着画说，你们新婚，画朵并蒂莲也算应景。

马一凡收了释之先生的画，这意思他明白。虽然释之先生说是乡野村夫随手涂抹，但他的画是真值钱。释之先生不大参加书画圈的活动，他字画的好却是有口皆碑的，在浙江算是数一数二的名家。他有个脾气，不拿画换钱，也是因为这个，他的画有价无市，偶尔流出几张，也有各种原因，不便外表。除开字画，释之先生的学问也好，这个知道的人就没那么多了。马一凡爷爷给马一凡讲过，他们那一代人，数释之先生学问最好，命运也最曲折。释之先生的祖上是中过进士的，镇上的牌楼，有一座便是释之先生祖上建的。

马一凡想请释之先生出山。

过了几天，马一凡买了机票，回了走马镇。镇上和以前不一样了，楼房越来越密集，塞得镇子满满当当的。围着镇子的河还在，水却不像以前那么清了。回到家，跟父母打过招呼，马一凡问，释之先生还住在那里吧？他父亲说，释之先生倒是还住在那里，镇上的巷子院子都拆得差不多了。本来释之先生的院子也是要拆的，政府给的拆迁款也不少，但释之先生不肯，说他在那里过了一辈子，换别的地方不习惯，他说他是要死在那个院子里的。释之先生一个大名人，他不肯搬，也没人敢强拆，那院子怕是要成老古董了。听父亲说完，马一凡松了口气说，释之先生身体还好吧？那倒是好得很，别的人是越过越没精神，释之先生头发是白了，脸色却是红润，古人说的鹤发童颜大概就是他那样子。马一凡彻底放心了。

  在家里吃过晚饭，马一凡上街买了些水果，去看释之先生。好几年没回来了，镇子变了样子，马一凡凭着记忆兜了几个圈子，才找到去往释之先生家的巷子。巷子还和以前一样，青石板暗暗地反射着路灯的光。走到门口，马一凡莫名有点紧张，他想，释之先生怕是又认不得他了。在门口站了一会儿，马一凡敲了敲门，里面没响动。马一凡又敲了几下，听到院子里有脚步声。他双手提着水果，望着院子上空的刺槐，一团模糊的阴影；芭蕉又长高了，越出了院墙。门开了，马一凡看到释之先生站在面前。和父亲说的一样，释之先生头发白了，精神看上去却不错。见了释之先生，马一凡说，马爷，是我，马一凡。释之先生看了马一凡一眼说，哦，一凡，你回来了，到里面坐吧。

  进了院子，到书房里坐下，释之先生给马一凡泡了壶茶说，你有好些年没有回来了吧？马一凡说，是有好几年了，难得马爷还记得。释之先生端起茶杯说，镇上的年轻人，回来的越来越少了，就算回来，也是匆匆忙忙。马一凡朝四周看了看，还是以前的样子。马一凡站起来，看了看书台上的字说，马爷的字写得越来越好了。释之先生说，老了，好是谈不上了，写写画画，算是个寄托。说完,看着马一凡说,我本以为你还会练练字、读读书,没想到你也不读书了。马一凡脸上一红。释之先生接着说,你小时候跟我练字读书,那时候,我也三心二意,没用心教你们,对不起了。马一凡连忙说,马爷,您千万别这么说。

两人喝了杯茶,又聊了一会儿,释之先生问,你回来是有什么事吧?马一凡说,是有事,而且是大事。释之先生笑了笑说,你们的大事,多半都是生意。走马镇被你们这些生意人搞得不像样子,我这个院子要不是我拼着一把老骨头守着,怕是也被你们拆了。马一凡接过话说,马爷,我这次的大事还真不是生意。释之先生抿了口茶说,说来听听。马一凡给释之先生添了点茶说,马爷,我这事做不做得成,还看马爷您的意思。释之先生笑了起来说,莫非你也是看上了我的院子?马一凡连连摆手说,不是,不是,这样的事情我哪里敢做?事情是这样。

马一凡把他的想法说了。等马一凡说完,释之先生脸色凝重起来。过了半晌,释之先生叹了口气说,一凡,我老了,懒得动了。再说了,外面的世界是你们年轻人的,我都是黄土埋到脖子的人了,就不凑这个热闹了。等释之先生说完,马一凡站了起来说,我还记得马爷以前教我们的,一凡虽然不成器,这么些年,却一直不敢忘。从您这儿受到的教益,我受惠一生。我虽然做不来学问,但也懂得学问是滋养人的。马爷您一身学问,想找个传人怕是难了,但让后人多少受些教益却是可以的。释之先生吹了吹浮在杯里的茶沫说,一凡,你要是来跟我说这个,那就请回吧;要是还想聊聊,就把这个话题放下。

从走马镇回来,马一凡有些失望,但不多,他早料想到事情没那么容易。

回到海城，马一凡对老婆说，学堂先要搞起来。老婆问，释之先生答应了？马一凡说，没有。老婆笑话马一凡说，你连老师都找不到，还办什么学堂？马一凡却说，学堂办起来了，老师自然就来了。马一凡说得信心满满，老婆却有些担心，她说，一凡，你要不再想想？别把事情给搞砸了。

要找个合适的地方也不容易，随便租个地方，马一凡不愿意，他不能委屈了释之先生。那些天，马一凡一直在忙，忙着找地方。他和生意上的朋友谈过他的计划，都是些生意人，马一凡一说，他们就明白了。他们给马一凡介绍了不少地方，马一凡去了一看，连连摇头说，这地方不行，氛围不对，我要做的这个学堂，跟别的学堂不一样，不是补习班。我要的不是多高级，气场要合拍。次数多了，他们有些不耐烦了，都说，马一凡，你到底想找个什么地方？马一凡想了想说，学堂，你知道吧？要像个读书的样子。我不说"长亭外，古道边"，起码环境要幽雅，一走进去，心能静下来。有人说，马一凡，你是不是想搞成古代那种书院的样子？马一凡点了点头说，那样当然更好了。

又过了些天，有人给马一凡打电话，声音是藏不住的兴奋，老马，我找到个好地方了，你快过来看看。马一凡放下电话，开车出门。两个人会合了，朋友说，老马，这个地方你要是再觉得不合适，那我是真找不到了。

车停在一条窄窄的街道上，环绕着街道的是一条河，那是海城的母亲河——海河。街道前方不远，有一棵巨大的榕树，榕树的枝干斜斜地伸向河面，根须自然地垂下来，有些碰到了水面，有些没有。巷子很窄，过不了车，马一凡跟着朋友往里走。巷子两边都住着人家，还有老太太搬了小板凳，坐在门口剥大蒜。走了有三四十米，朋友在一个院子面前站住，对马一凡说，老马，到了。院子青灰色的墙砖，门楼高悬起来，上面还有木雕的花纹。朋友敲了敲门，有人从里面把门打开了。

进了院子，一下子开阔起来。院子中间种了鸡蛋花，还有一个鱼池，养了各色的锦鲤。靠着墙边上，有一排石桌石椅。让马一凡意外的是，堂屋里还挂着中堂，看纸色，有些年头了。房子砖木结构，有点古色古香的味道。一看到这些，马一凡心里想，就是它了，找了这么久，就是它了。

请释之先生出山，马一凡花了些心思。他再次回走马镇在半年后，学堂里该准备的都准备好了，就差一位先生。偶尔，等人都散了，马一凡在学堂里坐下，看着满池子的锦鲤，似乎听到了琅琅读书声，又仿佛看到童年的自己正坐在椅子上，挺直腰身临帖。都是好些年前的事情了，好多事情都忘了，而闭上眼睛这些就如同发生在昨天。风从院子里吹过去，枝叶摇摇晃晃。马一凡的影子映在地上，跟着他的步子慢慢移动。他想起了古代的书生，月色，归鸦嘶哑的鸣叫。

见到释之先生，还是在释之先生的书房。听马一凡讲完，释之先生说，一凡，你这是何必呢？我在镇上读点书，随意涂抹几笔，日子过得逍遥自在，你这是在害我啊。马一凡喝了口茶说，马爷，我知道这个事情为难您了，我做得也唐突。但我还是想请您过去看看，您要是不喜欢，随时可以回来。过了好久，释之先生缓缓透出几句话来，一凡，你的苦心我是明白的，只是，怎么说好呢，你觉得这社会真还需要我们这些人吗？马一凡正色说，马爷，明知不可为而为之，且未必不可为。听马一凡说完，释之先生把手搭在椅翅上说，好吧，那我过去看看。不过，你也别抱太大希望，有些事情

157

强求不得。

　　释之先生到海城当晚,马一凡约了几个朋友陪释之先生吃饭,都是文艺圈的。生意上的朋友,马一凡一个没约,他怕坏了气氛。释之先生研究国学,还擅书画,有几个懂文学、画画的朋友陪着,马一凡放心些。

　　过了些天,马一凡带释之先生去了学堂。学堂请了两个阿姨,帮着做卫生、照顾释之先生的起居。进了学堂的院子,释之先生朝四周扫了一眼,感慨地说,一凡,你有心了。马一凡连忙说,马爷喜欢就好。说完,他领着释之先生往里面走。马一凡给释之先生准备了书房,可供释之先生写字画画,书台和椅子都是按释之先生家里的样子定制的,甚至书架都有几分神似。书台上放了笔墨纸砚,书架上放了些书,不多。马一凡对释之先生说,马爷,您先凑合用着,需要什么东西,您再跟我说。

　　看完学堂,两人在院子里坐下,阿姨冲了壶茶上来。释之先生靠在椅子上,眯着眼睛说,真没想到到了这个年纪,我还背井离乡做起了先生。马一凡笑了一下。释之先生睁开眼睛说,一凡,按说你是个生意人,不做赔钱的买卖。你做这个怕是亏得厉害,耗时耗力,也不见得讨好。马一凡拿起茶杯说,马爷,我倒觉得我是赚了,赚得还不少。

　　两人聊了一会儿,马一凡对释之先生说,马爷,您老说什么时候开学?我们选个日子做个仪式,就算这学堂正式开了。释之先生微微皱了一下眉头说,仪式?马一凡说,我看古代的学堂,开学了,都有个拜师礼,我们这儿既然讲国学,礼仪怕也是要的。你这都是从电视上看的吧?释之先生问。马一凡不好意思地点了点头,释之先生说,那古代的学堂,还要给先生束脩,你是不是还要给我拿几斤肉来？马一凡一愣，听得出里面的讽刺，却见释之先生摆了摆手说，一凡，那些东西就不要搞了，做学堂又不是做戏班子，我不图那个热闹。学生想来，就来吧，有一个我教一个，有两个我教一双。有孩子陪着，我也热闹些。你要是真有心，有空过来陪我聊聊天，一个人在这里，人生地不熟，多少还是有些闷。马一凡连忙说，马爷放心，您不说我也会经常过来看您的。释之先生说，那就好，喝茶喝茶。这里阳光比走马镇好多了，树也绿，我这把老骨头晒得都有点软了。

学堂开了，每隔两天，马一凡会去学堂看看，和释之先生聊聊天。问起释之先生是不是习惯，释之先生说，蛮好。马一凡一再叮嘱学堂里的阿姨，要照顾好释之先生，要是先生有什么要求，就跟他说。阿姨说，释之先生很随和，没什么要求，做什么吃什么，搞得她们都有些不好意思了。平时空了，释之先生会和她们聊聊天，一点架子都没有。马一凡放心了，他重新练起了书法，用释之先生的话说，他那两笔字，都是江湖体，看起来有些模样，实际上跟书法扯不上边。释之先生书房里添了个花瓶，插了几枝干莲蓬。

过了个把月，学堂里的学生有七八个了，都是马一凡朋友的孩子，主要是生意场上的。孩子送到学堂了，他们想着什么时候请释之先生吃个饭，表示下心意。一个电话接一个电话打到马一凡手机上，马一凡说，我们就不客气了，都是自己人。朋友们不乐意了，他们说，马一凡，你什么意思？我们请先生吃个饭还不行吗？打得多了，马一凡也烦了，他知道这帮人的脾气，你要是不答应，他们能没完没了缠着你，直到你妥协为止。马一凡怕打扰到释之先生，想了想，还是给释之先生打了个电话。听马一凡说完，释之先生说，人家也是一片好心，饭就不吃了，哪天有空，你约他们到学堂坐坐吧。

　　马一凡把释之先生的意思跟朋友们说了。刚开始，他们不乐意，一听是释之先生的意思，也就算了，坐坐就坐坐，以后的事情慢慢来。找了个日子，一帮人约着去了学堂，还有人带了酒菜。马一凡一见他们手里提着的酒菜，头大都大了。这一帮生意人，不喝会死还是怎么的？人都来了，就认了吧。马一凡趁着没人，硬着头皮对释之先生说，马爷，对不住，都是生意人，到哪儿都吆三喝四的，他们还带了酒菜来。释之先生却笑了起来说，今晚月色不错，喝点小酒，倒也蛮有意思，我也有好长时间没喝酒了。

　　听释之先生这么说，马一凡连忙招呼大家搬了张桌子到院子里，又让阿姨拿了碗筷。菜摆上了桌子，酒也倒上了。释之先生先站了起来说，谢谢各位赏脸，老朽年纪大了，外面的热闹是不习惯了，各位都忙，还麻烦大家过来，对不住了，这杯我敬各位。说完，把酒喝了。释之先生喝了这杯，桌上热闹起来，纷纷给释之先生敬酒，马一凡挡住说，马爷您老意思一下就行了。释之先生说，没事，没事，你不知道，我年轻的时候也是爱酒的。马一凡有些看不明白了，他想，马爷是不是在这儿闷坏了？

　　喝了几杯酒，谈起了学堂，都说这个学堂好，一看就是个读书的地方。释之先生吃了口菜说，要讲读书，现在读的书和以前读的书是不一样了。我讲的这些，都是些屠龙之术，用不上了，有阵子流行"学好数理化，走遍天下都不怕"，再后来学英文、奥数，我们这些老古董，怕是要扔进垃圾堆了。他说完，对坐在旁边的马一凡说，就你傻，还当个宝。桌上的人都笑了起来说，释之先生幽默。释之先生摆了摆手说，幽默谈不上，我说的是心里话。你们把孩子送到我这里来,能学到什么,我也不知道,你们也别期望太高。听释之先生这么一说,在座的都说,释之先生太谦虚了,您是真正的读书人,是秀才,我们的孩子能在您这里读书,那是福气。

等人都散了,马一凡陪着释之先生聊天。释之先生望着天上的月亮说,一凡啊,刚才我在那里胡说八道,面上看他们都捧场,那是给老先生一点面子。实际上,他们都是叶公,好的不是真龙啊,他们只是要有些东西装装门面。你说,什么时候,学问变成了装点门面的东西?现在的孩子学书学画、学乐器,又有几个是真心喜欢的?都是不得已。我教这些孩子,不指望他们学到什么,只想给他们养点心性,懂点道理。马一凡点了点头说,马爷,我明白的。

又过了个把月,有朋友打电话给马一凡,约马一凡一起吃饭。马一凡不太想去。马一凡爱热闹,却不喜欢喝酒,和做生意的朋友一起,他们都喝酒,马一凡只抿一口,或者喝茶意思一下。除开正经谈生意,马一凡不喜欢和做生意的朋友混在一起,他宁愿找文艺圈里的聊天。电话打了几次,马一凡不耐烦了,有什么事儿你说啊,你又不是不知道我的习惯,我喝不得酒,看你们喝酒,我无聊得很。朋友说,一凡,这次真有事儿,就我们两人,没别人。你过来,一定要过来一下。马一凡没办法,到底还是去了。

朋友约的咖啡馆,马一凡吃过饭去的,他想,吃过饭,你总不能再摆个酒局吧?到了咖啡馆,马一凡打朋友电话,朋友说在六号房。马一凡有点意外,两个大男人喝咖啡本就有点奇怪了,还躲在包间里,搞得见不得人似的。到了包间坐下,马一凡放下手机说,搞得神神秘秘的,是不是犯什么错误了?朋友笑了笑说,我老实本分的生意人,能犯什么错误?说完,他按了一下服务铃,让服务生送两杯蓝山过来。朋友问,来点小食?马一凡摆摆手说,不用了,刚吃过饭，这会儿还撑得很。

咖啡上来了，马一凡加了点奶，拿勺子搅了搅。没加糖，他不喜欢甜腻腻的味道。咖啡散发出自然的香味，马一凡把咖啡端到鼻子底下闻了闻，又放下了说，你这搞的，我都不敢喝了。朋友笑了起来说，我还能给你下毒不成？马一凡说，我倒不是担心这个。这事儿蹊跷得很，你什么时候请我喝过咖啡？朋友抽出根烟，点上，对马一凡说，一凡，我想跟你谈谈释之先生。朋友说完，马一凡愣了一下。朋友约他，什么事儿他都想过，包括借款、做项目，甚至想到是情人出问题了让他擦屁股，独独没想到会跟释之先生有关。马一凡说，释之先生？朋友用力吸了口烟说，对，释之先生，我想跟你谈谈释之先生。马一凡笑了起来说，和你谈释之先生？你不是想装文化人吧？朋友没搭马一凡的话，自顾自地说，释之先生是个牛人啊。一凡，不瞒你说，释之先生来之前虽然听你讲过，我也没当真。释之先生来了，把孩子送进去了，我还真百度了一下，查了下释之先生的资料。马一凡望着朋友说，然后呢？朋友竖起大拇指说，牛人，确实是个牛人。说完，他从包里拿出几张打印纸来，递给马一凡说，你看看。马一凡扫了几眼，上面是关于释之先生的一些介绍。朋友打印的资料，那些信息马一凡都知道。现在，他想知道朋友到底想干什么。见马一凡没吭声，朋友继续说，一凡，释之先生是个富矿啊，只做个先生太浪费了。马一凡拿起杯子，喝了口咖啡，有点苦。放下杯子，马一凡说，我觉得他做先生挺好。朋友说，我没说不好，只是觉得有点浪费。想了一下，朋友说，一凡，我们可以一起开发释之先生。

话说到这儿，马一凡明白了。朋友从包里拿出一张纸，在桌上慢慢摊开说，一凡，你看看，这是释之先生的字吧？马一凡看了看，点了点头。朋友说，我查过了，释之先生的字画在国内书画家中处于一线水平，就这几个字，如果裱起来，进拍卖行，少说也能拍个三五万。朋友还没说完，马一凡指着桌上的字激动地问，你这字从哪儿来的？朋友慢条斯理地把字卷起来说，一凡，你别火急火燎的，我没偷也没抢，这字是我儿子带回家的。马一凡愣了一下。朋友接着说，本来小家伙的事情我是不关心的，也懒得理。前几天回家早，看儿子对着这幅字练字。虽说我是个外行，也知道我儿子绝对写不出这样的字来，就问他这字谁写的，儿子说释之先生写的。再一问，才知道，释之先生给每个学生都写了，说是让他们对着练。一凡，什么叫浪费？这就是浪费啊，巨大的浪费。马一凡坐不住了，他想走。

出了咖啡馆，马一凡上了车，他想去学堂，找释之先生聊聊。从新城区到老城区还有点距离，马一凡开了车窗，他心有点乱。车开到了河边，停在巷子口。马一凡下了车，想了想，又开回家了。

马一凡把事情跟老婆说了。老婆看了看马一凡的脸色说，一凡，你是不是担心出事？马一凡说，能不担心吗？老婆笑了起来说，一凡，我觉得你有点精神过敏了，释之先生教书法，写几个字让孩子们照着写也没什么。再说了，释之先生写这几个字，不成章不成句的，又没盖章题款，别人就算拿了也没什么用。马一凡说，亏你还是清华的，想事情想得这么简单。释之先生的字画值不值钱，你以为那帮孙子不知道啊？释之先生今天送书法，明天就能送画，字不成章句，画总还是画吧？老婆想了一下说，那倒也是，你有什么办法？马一凡说，手长在释之先生身上，我能有什么办法？顶多也只能提醒提醒释之先生。

他还是去了学堂，见了释之先生，两人聊了一会儿。马一凡说，自从马爷来了，小家伙练书法的积极性明显高了，字更是进步飞快。释之先生笑了起来，说，夸张，书法哪是几个月见得了效果的。马一凡试探着说，我看小家伙把马爷的字拿回家了，这可要不得。释之先生说，不是他拿的，我让他带回家的，靠学堂里这点工夫，还是不够，写个帖子，让他们回家对着练。马一凡想了想说，马爷，这怕不太合适。释之先生望着马一凡说，你说说看，有什么不合适的？马一凡说，马爷，我怕有人动坏心思。听马一凡说完，释之先生沉默了一会儿说，你是说，怕他们拿这字做文章？马一凡点了点头。释之先生叹了口气说，要是真这样，我也没有办法了。二人在学堂坐了一会儿，释之先生说，一凡，你陪我到河边散散步吧。

　　出了巷子，到了河边，河水像一面刚出土的青铜镜，泛着墨蓝的光。远处的灯光落在河面上，随着水波一荡一漾。马一凡陪着释之先生沿着河岸慢慢地走。释之先生没有说话，双手背在后面；马一凡跟在释之先生边上，也没有说话。两人沿着河岸走到大榕树下，坐下。释之先生看着榕树说，海城里的物件，我还就喜欢这榕树。马一凡说，我也喜欢榕树，枝繁叶茂的。释之先生伸手指了指贴着河面的根须说，都说榕树是落地生根，独木成林，这些是生不了根的。没土，就没有生长的环境了。就算它再想扎下根来，也是镜花水月，终究是个梦。马一凡接过释之先生的话说，终究还是有落在土里生根发芽的。释之先生摇了摇头说，一凡，你还是不死心，有些东西勉强不来的。尽尽人力，其他的，释之先生一根手指指了指天上说，看天意。我是一把年纪的人了，倒是无所谓了，所谓名，所谓利，都看淡了，老天爷总有一天要收我回去。人一死，万事皆空。这把老骨头能让人利用一下，也未必是坏事。一凡，你也别计较在意,看淡些。既然释之先生都说了,马一凡也就不好再说什么了。

  学堂热闹起来,除开学生,家长也来了。马一凡每次去学堂,总能碰到一两个人在那里,陪着释之先生聊天。这些人马一凡都认识。看到马一凡,他们都没什么不好意思的,反倒马一凡的脸色不太好,显得小气。在释之先生的书房,来的人看着释之先生写字,释之先生写完,他们就开始叫好,大师,果然是大师手笔!释之先生一笑,把写完的揉成一团,又铺开张纸说,刚才那张有几笔不对,应该这样才是。释之先生拿起笔蘸了点墨,对马一凡说,一凡,你帮我牵一下纸。马一凡牵纸的表情有些不情愿,他知道,接下来会有人说,释之先生,这字写得太好了,要是先生肯赐一幅,那我要好好裱起来,挂到客厅里。等释之先生写完了,满意了,就会拿着笔,仔细看几眼说,几笔烂字,上不得厅堂,你要是喜欢,送给你了。来人自然欢喜,于是,释之先生题款、盖章。这字就算送出去了。马一凡心疼,释之先生以前是极爱惜他的字画的,哪里舍得随便送人?都是骗子,一帮骗子,马一凡心里一阵一阵地疼。

  开了头,事情就好办了,向释之先生求字的人越来越多。来人也不空手,多半带着茶叶和酒,也有带墨带笔带纸的。茶叶和酒就不说了,笔墨纸都是好东西。马一凡懂得不多,看释之先生摸着笔墨纸的神情,像摸着自家孩子似的,马一凡敢肯定那是好东西。也有给释之先生封红包的,厚薄不一,递给释之先生时,客气地说,释之先生,一点小意思,您老别嫌弃。碰到这种情况,释之先生会说,拿回去,拿回去。他不肯收,来的人要是还过意不去,硬要塞给释之先生,释之先生也不说话,拿起笔,蘸墨,在写好的字上涂一个圈或者打两个叉,这字画就废了。见过几次,人们都学乖了,不再给释之先生塞红包，尽量挑些文房用品。也有给释之先生找古书的，都是发黄的线装本，普通的本子。宋版是不可能了，都知道"一页宋版一两金"。

释之先生的书房渐渐满起来，书架上的书多了，茶叶和酒堆了两个架子。只有马一凡和释之先生两个人时，释之先生指着茶酒说，一凡，你去看看，有喜欢的拿去喝吧。马一凡说，马爷，您老留着慢慢喝，我有。释之先生看马一凡一眼说，一凡，你是不是有些意见？马一凡说，马爷，您想多了，我哪里会有什么意见？不管做什么事情，您老觉得开心就好了。人活一辈子，不就图个舒服嘛。马一凡说的倒也不是假话，见多了，也就习惯了，释之先生愿意送，那是释之先生的事情，他马一凡有什么损失？没有，一点都没有。说得世俗点，释之先生来了海城之后，谁收释之先生书画最多？还是他马一凡。平日里，马一凡过来，释之先生有了满意的作品往往会拿给马一凡看看，问问马一凡的看法。马一凡说不上来，释之先生也不介意，他摆出两张字来，告诉马一凡这张字为什么好、那张字为什么不好，还把马一凡当学生。指点完了，他顺手拿章盖上，指着字说，一凡，这个送给你了。头两次，马一凡还推辞了一番，后来就不推辞了。他喜欢释之先生的字，这是其一；其二，他也知道释之先生的字值钱。几个月时间，马一凡数了数，释之先生送了他五幅字，还有两幅画，应该说都是释之先生近期比较得意的作品。这些字画值多少钱？算不准，也说不准，但肯定不会少，从生意角度讲，他请释之先生过来肯定是赚了。他心疼释之先生送出的字画，但既然释之先生自己都不介意，他马一凡也就不好说什么了。

朋友再次找到马一凡是在半年后，那会儿，海城到了春天。海城的四季变化不大,树还是绿的,见不到多少新芽。两个人还是喝咖啡,谈的还是释之先生。情况有些变化了,释之先生给每个学生家长都送了字,有些慕名而来的,他也没让人空手回家。释之先生的名声在海城慢慢响起来,书画圈的都知道,释之先生到了海城,在学堂里做先生。他们去看望过释之先生,请释之先生给书画爱好者上过课。海城搞展览,书法家协会、美术家协会出面请释之先生参加,释之先生都拒绝了,说是年纪大了,就不凑这种热闹了,把机会留给年轻人吧。学术交流,释之先生还是愿意去的,他很乐意和年轻人做些交流。

这次谈的话题更深入一些,马一凡不像上次那样激动,他甚至觉得,朋友的想法很好,值得试试。朋友在开发一个新楼盘,这些年,房价一天天往上涨,但想把房子卖掉,也不是件容易的事。朋友和马一凡说,他想在楼盘里搞一个艺术馆,既可以做展览,又可以做工作室,还能开班教学生。朋友说,你也知道,现在的家长都重视孩子的教育,如果搞一个艺术馆,经常做做展览,只要水平上去了,对市民还是有吸引力的。朋友说完,马一凡笑了起来说,你在打释之先生的主意。朋友倒也没否认,说,没错,我在打释之先生的主意。我还不止这么简单地打主意。一凡,以前我跟你说过,释之先生只做个先生,那是巨大的浪费,浪费可耻啊。只要我们稍微花点心思,把释之先生包装一下,能产生什么效益?想都不敢想。一旦进入拍卖行,行市一托起来,释之先生就是一座金矿,一座闪闪发光的金矿啊。我们完全可以做一个释之先生的艺术馆,经营这块儿,我们一起来做。你想想,想好了告诉我。

马一凡有点心动。既然释之先生愿意给人送字画了,那么,做个艺术馆也不见得是不可能的事情。何况,他觉得还是能找到理由说服释之先生的。仔细想过了，马一凡打电话给朋友说，找个时间，我们一起和释之先生谈谈，毕竟这个事情还得要释之先生点头才行，我做不了主。马一凡去学堂时，跟释之先生说，马爷，有个朋友有点事情想跟您谈谈，您看什么时候方便，我们约个时间。释之先生没问什么事情，只说，我每天都是有空的，你们约好了过来吧。

他们去的时候，释之先生在院子里散步。周三的下午，没有学生，也没有其他人。见马一凡到了，释之先生招呼他们在院子里坐下，又喊阿姨泡了茶。阳光很好，干净得像流动的水晶。鸡蛋花还没有开，稀疏的叶子一如既往绿着。这样的下午，适合聊天，发呆，无所事事。马一凡甚至想拿本诗集出来，读几句，喝杯酒。这本该是一个闲适的下午，马一凡却有事要谈。喝了杯茶，马一凡说，马爷，这次来找您，有点事情想和您商量一下。释之先生拿着鱼食在喂锦鲤，一撒下去，鱼食浮在水面上，锦鲤慌慌忙忙地游过来，搅起一圈圈的水花。撒完鱼食，释之先生站在池子边上看了一会儿，回到石桌边上说，我知道你这次找我肯定是有事的，平时你来，哪里是这副心事重重的样子？

院子门还开着，时不时有人从门口走过去，都是附近的居民。马一凡坐在石凳上，摸了下肚子说，这种天气，在这儿晒晒太阳，真是舒服。马一凡有些胖了，特别是肚子，顽强地凸出来，腰身早就看不见了。他有些厌恶自己这个样子，他想瘦一些，但减肥这样的事情他是不会做的。释之先生喝了口茶说，一凡，说吧，别吞吞吐吐的。人到了我这个年纪，该经历的事情也都经历了，你吓不到我的。马一凡说，马爷是这样，他呢，马一凡指了指朋友，想建一个艺术馆，做些展览。释之先生点了点头说，好事情，这是好事情。马一凡接着说，马爷，其实，他是想给您建一个艺术馆，主要展您的作品。马一凡说完，看了看释之先生。释之先生脸色平静，扭过头看着马一凡朋友说，给我建个艺术馆？马一凡朋友连忙说，释之先生是这样的，我虽然不懂艺术，但我也知道您是真正的艺术大师，我也知道您老不在乎名利这些。但您老想想，您老年纪也大了，您老这些年的心血之作，如果就这么被埋没了，那就太可惜了。套用一句流行的话说，好东西，要和大家分享。您的作品这么好，为什么不让更多人看到呢？朋友说完，释之先生笑了笑说，古往今来，多少人都湮没了，也不缺我这一个。再说了，我虽然作点书画，但和前人比，那简直是没脸见人。古人都说了"青山依旧在，几度夕阳红""古今多少事，都付笑谈中"。释之先生又对着马一凡说，一凡，有件事，我一直没和你说。你也知道的，以前，我对我的字画看得重，不肯轻易示人，更不要说卖了。我的那点名声，都是朋友们抬爱，实际上是称不上的。这段时间，我也慢慢想明白了，我都是黄土埋到脖子的人了，该放下的东西，就该放下了，我那些字画，该散的就散了，有人喜欢拿走无妨。朋友看了看马一凡。马一凡试探着说，马爷，您这是同意了？释之先生长叹了口气说，我到了该处理身后事的年纪了，你们喜欢，就拿去吧，别糟蹋就行了。弘扬国粹这些话我是不敢说，拿出来晾晾，也算是给自己做个交代。见释之先生答应了，马一凡赶紧说，马爷您放心，我会好好处理的。释之先生对着马一凡朋友说，我的字画就交给一凡了，以后你有什么事情，直接找他就行了，我是没那么多精力去搞这些事情了。

　　为了艺术馆的事情，马一凡和释之先生回了趟走马镇。

　　回到走马镇，在释之先生书房，马一凡帮释之先生整理作品。

几十年了,释之先生留下的作品不少,释之先生一张一张地看,一边看一边感慨"满纸荒唐言,一把辛酸泪"。整理完了,看着厚厚的几卷字画,释之先生说,藏了这么多年,该让它们晒晒太阳了。马一凡摸着字画说,马爷,您放心,我会认真把这个事情做好,给您一个交代。释之先生说,一凡,不是我不放心你,是我对这个社会不放心了。这些字画拿出去,能去到哪儿,就不是我能控制的了。说完,释之先生指着字画说,你挑几幅喜欢的吧,东西在你那里,我放心,至少你不会拿去卖了。马一凡说,马爷,这怕是不合适。释之先生说,挑吧,你就别跟我客气了。马一凡挑了几幅,挑好了,转过身对释之先生说,马爷,您看我拿这几幅行不?马一凡正想拿给释之先生看看,却见释之先生急急地摆了摆手说,我就不看了,不看了。释之先生转过身去。马一凡卷好字画,走到释之先生面前,只见释之先生脸上有两行混浊的老泪。

  释之先生给艺术馆题了名字,就叫"释之艺术馆"。艺术馆不大,四五百平方米的样子,释之先生的工作室在艺术馆边上。施工过程中,马一凡带释之先生过去看过几次,问过释之先生的意见。释之先生没说什么,只说,很好。

  艺术馆开张当天,办的是释之书画精品展,总共展出了释之先生五十余幅精品力作。门口的海报上,贴着释之先生的大幅照片,还有简介。简介很短,原本马一凡写了个详细的简介,送给释之先生看时,释之先生说,简单点吧,就写:释之,自幼喜书画,学艺六十余年,一无所成,然痴心不改,实乃可笑可叹之人。马一凡说,马爷,是不是太简单了点?释之先生说,简单点好,简单才不会出错。艺术馆开张那天,马一凡把在海城的媒体都请来了。开幕式上,按常规,作为主角的释之先生是要说两句话的。释之先生不想上台,架不住马一凡的劝,就答应了。在台上,释之先生说了几句话,我老了,本来是准备把这些东西带到土里去的。我一辈子没做过展览,这是第一次,以后估计机会也不多了。你们要是喜欢,就随意看看,不喜欢就当逛了次公园。谢谢大家。说完,释之先生便下来了。马一凡本还约了记者给释之先生做访谈的,释之先生说,不说了,话多无益,看看东西就好了。马一凡想了想,也没勉强。

马一凡和朋友一起帮释之先生做了个画册,还请了国内书画评论界的几位大腕写了评论。在评论里他们把释之先生吹得天花乱坠,说是民间第一高人,这样的人才是难得一遇的。更难得的是释之先生一以贯之专注于艺术,哪管世间风吹雨打,其淡泊足以警示世人。马一凡把画册拿给释之先生时,释之先生愣了一下,还做了画册?马一凡说,画册肯定是要的,展览毕竟是一时,有个画册,时时都可以看看。再者,有些人没机会看展览,有个画册,也能了解个大概。释之先生哦了一声。画册做得精致,烫金的封面,精装,设计上花了不少心思,既古朴,又不缺时尚感。至于材料上,用的是最好的纸,印刷找的是海城最好的印刷厂。做这个画册,马一凡跑前跑后联系出版社,和朋友花了十多万,想给释之先生一个惊喜。

释之先生拿起画册,摸了摸,又翻开来,一页一页地翻过去。等翻完了,释之先生说,这画册做得真是漂亮,费心了。马一凡说,不光画册印得漂亮,里面几篇文章写得也漂亮。释之先生又翻开画册说,刚只看画,倒是把文章给忽略了,我看看。说完,释之先生开始读文章。马一凡坐在边上,看着释之先生,满以为释之先生会喜欢的。才看了两页,释之先生"啪"的一声把画册合上,问马一凡,文章是你找人写的?马一凡点了点头。释之先生站了起来,指着马一凡,手有点抖,脸拉了下来。马一凡吓了一跳,说,马爷,怎么了?释之先生眉头皱着。马一凡从没见过释之先生这副表情,他有些糊涂了。释之先生声音高了起来,还有些抖,问,一凡,你怎么能做这样的事情?马一凡慌了,说,马爷,怎么了,这文章不行?释之先生说,你说呢?你说行不行?文章能这样写?你知道风气为什么坏了吧?都是被你这样的人搞坏的。吹捧也就算了,吹捧成这样子,那不是存心羞辱人吗?民间第一高人,什么时候、谁给我戴上这顶帽子了?你给我封的?不知道的人还以为是我请人往自己脸上贴金。我一辈子从没干过这样的事情,你这是往我头上泼粪啊。释之先生说完,马一凡有些紧张,他说,马爷,没那么夸张吧?几篇文章而已。释之先生说,对你来说是几篇文章,对我来说,那是羞耻帖。马一凡低声说,马爷,画册都印出来了。释之先生指着画册说,一凡,你把它给我拿走,我不想再看到它。还有,你把这几篇文章给我删了,我不管你用什么方法,这几篇文章不能有。马一凡连忙说,好,马爷放心,我去处理。

画册还是发出去了。马一凡和朋友商量过,是不是把那几篇文章删了,重新装订一下。朋友说,老马,你傻啊,没那几篇文章,这个画册至少贬值一半。老先生虽然有些名气,毕竟离庙堂远,没几个抬轿子的,后面的事情不好搞。两人商量了下,重新做三十本,专供释之先生,至于其他的,不改;要是释之先生问起,就说是以前发出去的,后面的不会有了。马一凡还是有些担心,这不是骗人吗?要是马爷知道了怎么办?朋友说,你放心,老先生平时出门少;再说了,谁会随身带一本画册嘛,他看不到的。依老先生的性格,估计他也不会提画册这个事情,你放心好了。马一凡拿着重新装订的画册去了释之先生那里,释之先生看后脸色好了一些,他对马一凡说,一凡,做事做人要诚实,不该要的东西我们不能要,好名好利终究是害人的。马一凡脸上一阵一阵地红。

马一凡去学堂去得少了,以前,他两三天去一次,现在,改成了一个礼拜去一次。他怕见到释之先生。有些事情他不敢让释之先生知道,他已经在策划释之先生的拍卖会了。用朋友的话说,这个拍卖会不指望赚钱,主要是造声势,先把释之先生的书画价格拍上去。尽管释之先生名气大,但以前他的书画进入市场的少,进拍卖行的更少,价格定位还不清晰。这个拍卖会就是要把释之先生的书画价格做出来,做清晰。拍卖会之前,马一凡把释之先生的传记写好了。释之先生的生平,他略有了解,再问问父亲,适当补充一些细节,也就够了。

拍卖会那天,马一凡早早就到了,他还是有些紧张。拍卖之前,该做的工作都做好了,他们把释之先生的画定在五十万到八十万,字三万左右一平尺。参拍的作品一共十六幅,他们计划是拍十幅左右,太少了,显得没人气,太多则有刻意炒作之嫌。到了会场,马一凡一看,基本都是熟人,他心里有谱了,又有些担心。对不起了,马爷。马一凡心里默默念了一声。

这天晚上,大约八点的样子,马一凡去了学堂。他推开院门,坐在院子里。堂屋里,孩子们正在练字。释之先生半弯着身子在学堂里踱步,看孩子们写得如何,不时停下纠正一下孩子们的手势。学堂很安静。马一凡突然有些感动,他有多少年没有这么心静地练练字了?过了一会儿,释之先生看到了马一凡,他从堂屋走出来,走到院子里,在马一凡身边坐下说,来了?马一凡说,马爷,来看看您。释之先生指了指里面说,你跟我学书法的时候,跟他们一般大，才一转眼，你孩子都这么大了。马一凡说，是啊，有了孩子，人老得似乎快多了。释之先生笑了一下说，你也会发这种感慨了？两个人在院子里聊了一会儿，释之先生说，快放学了，一会儿，等他们走了，你陪我喝一杯吧，我们好长时间没在一起喝酒了。马一凡说，好。

　　送走孩子们，九点多了。马一凡对释之先生说，我去买两个下酒菜来。释之先生说，不麻烦了，晚上还有点剩菜，将就着喝两杯吧。马一凡起身，准备去拿酒，释之先生招了招手说，一凡，你坐着，我去拿。过了一会儿，释之先生拿了一瓶酒和两个酒杯出来。帮马一凡倒上后，释之先生说，我知道你不喝酒，今天破个例，陪我喝两杯。马一凡说，马爷，您别跟我客气，别说陪您喝两杯酒，喝什么都行。释之先生笑了起来说，说得吓人。释之先生拿起杯子，跟马一凡碰了一下杯说，干了。马一凡把酒干了。喝了几杯，马一凡脸上烧了起来。释之先生给马一凡倒了杯茶，停顿了一下说，一凡，有些事情我知道了。马一凡说，什么事？释之先生望着马一凡，略略有些失望的样子，说，你做拍卖会的事情我知道了。马一凡拿着茶杯的手抖了一下。释之先生接着说，你不要以为我天天在这个院子里，就什么事情都不知道了。这帮孩子，别看人小，什么事情都知道，外面有点风吹草动，他们回来就跟我说了。再说了，你那帮朋友，嘴巴也没几个严实的。这段日子他们来得比你勤快，他们想要什么，我能不知道？问了几句，就什么都明白了。马一凡脸都快紫了，说，马爷，对不起，我原来想——马一凡还没说完，释之先生打断他说，一凡，我以前也是太苛刻了，比如说那个画册，我发那么大脾气，也是不应该，你是一片好心。说到拍卖，我也想开了，拍就拍吧，有人要不见得是坏事。我还是那句话，做人要诚实，不要骗人。你这个拍卖会，玩的还是以前古玩行的玩法，手法算不得高明。作为一个生意人，不要养成那些坏习惯，做生意，重在一个信誉。钱赔了，还能赚回来；信誉赔了，就再也爬不起来了。马一凡说，马爷，我知道了。释之先生说，一凡，以后有什么事情，你先跟我说一声。我不是反对你做事情，是怕你把事情做坏了。马一凡说，马爷，我听您的。马一凡说完，释之先生喝了杯酒说，画册做得不错，我很喜欢。

又是秋去冬来，海城还是温暖的，这是一个四季温暖的城市。台风过后，天空开阔而干净，满是单纯干净的蓝。秋冬之际，海城一年中最好的日子，不热，也不冷。马一凡的心情好了起来。释之艺术馆目前经营得不错，释之先生的名声远远超出了海城范围，在书画市场上，行情一路看涨。

转眼就快过年了，去年释之先生是回走马镇过年的，正月十八才回的海城。马一凡给释之先生准备了些礼物，不外乎海城的一些特产，咸鱼腊肉之类的，还有一些点心。他打算过年前，给释之先生寄回去。进了腊月，马一凡事情多了起来，快过年了，各方面都要打点，饭局是少不了的。马一凡虽然不爱喝酒，也避免不了。一天一天这么喝过来，离春节就近了。等马一凡应付完生意上的事情，才发现，离过年没几天了，他有十几天没去释之先生那里了。

去学堂前，马一凡把释之先生卖画的钱存到一张卡上。马一凡之前跟释之先生谈过怎么处理画款的问题，释之先生说，你先放着吧，我也不缺钱花。到年底了，这钱还是送到释之先生手上比较好。见到释之先生，马一凡把卡递给释之先生说，马爷，这个是您的画款，您拿着。释之先生接过卡，反顺看了两眼，放到书台上说，一张卡，多少张画就进去了。说完，摇了摇头。

写了一会儿字,又画了幅莲花,释之先生对马一凡说,一凡,我记得你结婚,我也是送了你一幅莲花的。马一凡说,是,马爷记性好,画的是并蒂莲。您老还说结婚了,送幅并蒂莲也算应景。释之先生说,这幅莲花也送给你了。你看看这荷花如何?马一凡看了看画,这次释之先生用的是枯笔,莲花、莲叶显得残乱、破碎。看了一会儿,马一凡说,这莲花看着有些萧索,不像盛夏热烈滋润。释之先生点点头说,这也是残年了。说完,拿出印章盖了上去。盖完章,释之先生指着凳子说,一凡,你坐,我有话跟你说。

两个人坐下来,释之先生说,一凡,我要回去了。马一凡说,快过年了,马爷是该回去了,这一年下来,也辛苦你了。释之先生抬头望着书架上的线装书说,我这次回去就不来了。马一凡心里抖了一下,说,马爷,是不是我有什么地方做得不对了?释之先生摆了摆手说,别想多了,你没什么做得不对的,是我年纪大了,到底还是不习惯外面。走马镇虽小,毕竟在那儿生活了几十年,也习惯了。我这把老骨头,终究还是要埋在走马镇的。马一凡还想说什么,释之先生看着马一凡说,一凡,你就别劝我了。来的那天我就说了,你别抱太大指望。我不像你们年轻人,老人有老人的过法。在海城这两年,也经历了些事情,我想我还是不太习惯,毕竟还是乡下人,没见过世面。马一凡说,马爷,您别这么说,您这么说我难受。释之先生笑了起来说,像你这样,过得最不舒服,做生意人不彻底,做文化人也不彻底,两边都挂着,心里到底还是没个着落。马一凡嗓子有点哽咽,马爷,我……释之先生说。好了,不说了,你不说我也知道。今天就说到这儿,拿个杯子过来,我们喝杯酒,下次不知道什么时候了。

马一凡买了机票,他要送释之先生回去。回到走马镇,已经是傍晚了，天色暗了下来。他们穿过小巷子，走到释之先生的院子前，释之先生敲了敲门。门开了，里面的人见到释之先生，连忙叫道，马爷，您回来了，眼看就要过年了，还以为您不回来了呢。说完，那人扭过头，冲屋里喊道，马爷回来了！屋里走出几个人来，接过释之先生的行李。看到马一凡，有人说，哦，一凡也回来了。释之先生对马一凡说，到里面坐坐吧。

在释之先生家吃完饭，又喝了杯茶，马一凡对释之先生说，马爷，我先回去了。释之先生看着马一凡说，没喝多吧？要不要人送你？马一凡摇了摇头说，放心，我没事。释之先生说，那我就不留你了，回来了，早点回去看看父母。释之先生送马一凡出门，走到院子里，释之先生看着墙边的芭蕉说，又长高了。刺槐的叶子已经落光了，只剩下光秃秃的枝丫，一根一根倔强地刺在那里。把马一凡送到门口，释之先生说，我就不送你了，早回吧。马一凡说，马爷，您回去吧，跑了一天，您也累了。关门的时候，释之先生突然停了一下说，一凡，你多保重。说完，把院门关上了。

释之先生把门关上那刻，马一凡心里咯噔了一下。他转过身，望着那扇门，突然感觉浑身无力。他把身体靠在门上，眼睛有点酸，想哭却哭不出来。胃里却一阵阵地翻涌，他喝多了。马一凡顺着门爬到墙根，蹲在地上，"哇"的一声吐了出来。